卓越小学生
成才训练营

培养
有好习惯
的 小学生

主编 高长梅 本册主编 张思彤

九州出版社 JIUZHOUPRESS | 全国百佳图书出版单位

图书在版编目（CIP）数据

培养有好习惯的小学生 / 高长梅主编 . – 北京：九州出版社，
2010.4（2021.7 重印）

（"读·品·悟"卓越小学生成才训练营）

ISBN 978–7–5108–0388–8

Ⅰ.①培 ...　Ⅱ.①高 ...　Ⅲ.①儿童文学—故事—作品集—
世界　Ⅳ.① I18

中国版本图书馆 CIP 数据核字（2010）第 054513 号

培养有好习惯的小学生

作　　者	高长梅　主编　张思彤　本册主编
出版发行	九州出版社
地　　址	北京市西城区阜外大街甲 35 号（100037）
发行电话	(010)68992190/2/3/5/6
网　　址	www.jiuzhoupress.com
电子信箱	jiuzhou@jiuzhoupress.com
印　　刷	北京一鑫印务有限责任公司
开　　本	720 毫米 × 1000 毫米　16 开
印　　张	12
字　　数	180 千字
版　　次	2010 年 6 月第 1 版
印　　次	2021 年 7 月第 3 次印刷
书　　号	ISBN 978–7–5108–0388–8
定　　价	36.00 元

目录

第 1 辑　知识改变了修鞋匠的命运

　　知识就是力量，除了知识和学问外，世上没有任何其他力量能在人的精神和心灵中，在人的思想、想象、见解和信仰中建立起统治和权威。但我们不能只看到成功者最闪亮的时刻，更要看到他们在成功背后付出的艰辛努力和汗水。

目录

第 2 辑　读书滋味长

　　书籍是人类进步的阶梯，是改造灵魂的工具。名人也罢，凡人也好，所有人的成长过程中都需要一份富有启发性的养料——书籍。从小培养自己爱读书、爱学习的良好习惯，让懵懂的少年真正长大，体会到热爱世界、尊重人类所带来的幸福和快乐。

第 3 辑　多思有如神助

　　我们从小就听过这个故事：牛顿看见苹果被风吹落在地上，从而发现了万有引力定律。生活中极为普通常见的事情，一般人都会视为理所当然，也不去思考其中的奥秘。牛顿之所以能成为著名的物理学家，和他从小爱观察、爱思考的习惯是分不开的。只有做生活的有心人，我们才能取得更好的成绩。

第 4 辑　"小节"其实很关键

　　深刻的本质隐藏在简单的现象之中，真实就包含在细节里。看待一件事物，一定要形成真实的、正确的认识，这样才不至于付出了努力而得不到相应的回报。只有综合了所有的细节之后，我们才能想出有效的决策，来正确处理每件事情。

第 5 辑　寻找快乐的小王子

　　快乐的源头在自己的心里。总有人以为过上了富足的生活就没有烦恼，却不知道如果没有一颗快乐的心，再富足的日子也会有烦恼。相反，如果我们能用一颗简单而快乐的心去看世界，能和自己的家人相亲相爱，我们会发现，朴素的生活原来是这样的简单、美好。

目录

第 6 辑　选择我们的言行

　　在危急时刻的选择，更能体现一个人的日常习惯和修养。很多争吵都是毫无价值的，理智地控制我们的情绪，睿智地选择我们的言行，是比争吵或者愤怒更有效的解决方法。记住，在任何情况下，都要将我们最好的一面展示出来。

第 7 辑　勇敢地表达自己的歉意

　　世界著名的广告策划人奥格威认为，承认自己的过错很重要，而且要在受到指责之前就这样做。如果因为自己的过错而使其他人或事物受到伤害，那就要主动站出来向对方表示自己真诚的歉意。无论自己的这种过错是有意还是无意，也无论对他人或事物造成的伤害有多严重，都要如此。这是一种勇气，也是一种高尚的品质。

第 8 辑　再富也得节约

　　瑞士人常挂嘴边的一句话是："我们没有资源。有的只是一双手。靠一双手挣来的财富，当然应当好好珍惜。"这句话促使我深思：瑞士是世界上人均收入最高的国家之一，也是世界上最具有现代化水平的国家之一，但瑞士人对待金钱的心态是理智健全的，瑞士人富而节俭的美德，是一种人生的觉悟，是一种精神的升华，这一点实在值得我们好好学习。

目录

第 9 辑　孝心不需要任何理由

父母对子女的爱从来不会减弱，他们惦记最多的是自己的子女；他们对于子女的爱也总是一如既往，丝毫不会动摇。古人言：百善孝为先。乌鸦尚知反哺，为人子女者，应当切记及时行孝，不要等到"子欲养而亲不待"时才追悔莫及。

第 10 辑　珍惜每一分钟

有的人，在拥有时间的时候不懂得珍惜，等到光阴耗尽，年华老去，回想起被虚度的岁月，才摇头叹息，悔恨自己以前没好好珍惜时间。可惜的是，生命只有一次，永远不会重来。所以，我们应该好好珍惜每一分一秒，让生命的每一分钟都无比精彩。

第 **1** 辑

知识改变了修鞋匠的命运

　　知识就是力量，除了知识和学问外，世上没有任何其他力量能在人的精神和心灵中，在人的思想、想象、见解和信仰中建立起统治和权威。但我们不能只看到成功者最闪亮的时刻，更要看到他们在成功背后付出的艰辛努力和汗水。

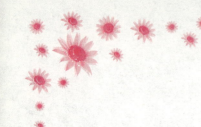

学习也要讲究方法　　▶佚　名

如果我们想要在学习上有好成绩或者与众不同，应该向诸葛亮学习，凡事都应该讲究方法。

诸葛亮小时候，父亲带着他去拜水镜先生为师。

水镜先生看看诸葛亮然后对他说："我出3个问题，答对了就收下你。"接着水镜先生出了第一个问题：他屈起食指，伸到诸葛亮面前，又点了点。

诸葛亮向先生深深鞠了一躬，又退后3步，站在一边解释道："你要我做首屈一指的大官，我当鞠躬尽瘁，死而后已。"

先生坐在蒲团上说："我出的第二个问题是，要你想办法让我离开这个座位。"

诸葛亮想了一会儿，然后走到墙角，顺手拿起了一根长长的竹竿，就要捅房子上的瓦。

先生连忙站起来阻止说："不要捅漏房子！"

诸葛亮诡秘地笑了："先生请坐，我就是假装捅房子上的瓦，目的就是让你离开座位！"

先生坐稳在椅子上说："你能让我寸步难行吗？"

诸葛亮手指着先生毫不客气地说："你这老匹夫，分明没有什么本事，还在此胡扯！"

先生气得面红耳赤，诸葛亮却摘下他的帽子，扔到房顶上。先生气得说不出话来,只好脱了鞋站在诸葛亮父亲的肩上去拿帽子。这时,诸葛亮抓起先生的鞋子藏了起来。

先生拿到帽子,却又找不到自己的鞋子,诸葛亮又说:"你寸步难行了吧!"

水镜先生哈哈大笑,说:"好聪明的孩子,我收下你啦!"

3年后的某一天,水镜先生对弟子们说:"我出一道考题,从现在起到午时三刻止,谁能得到我的允许走出水镜庄,谁就能出师。"

弟子们想尽各种理由,有的大呼:"庄外失火了!"有的谎报:"家里死了人,得赶紧回去!"水镜先生默不作声概不理睬。只有诸葛亮,早就伏在书桌上睡着了,鼾声大起,搅得考场不得安宁。水镜先生见此很生气。午时三刻马上就要到了,诸葛亮还在呼呼睡大觉,于是先生把他叫起来。诸葛亮听说先生出了这么个考题,一把拉住先生的衣襟哭道:"先生这么刁钻,尽出歪题害我们,我不当你弟子了,还我3年学费,快还我3年学费!"

水镜先生见诸葛亮这么辱骂他,气得浑身打战,呵令他马上滚出水镜庄。

诸葛亮哪里肯走,水镜先生就命令几个弟子,把他赶出庄去。

诸葛亮一出庄子,就哈哈大笑起来。在路旁拾了根棍子,跑回水镜庄跪在先生面前,双手捧起棍子说着:"刚才为了应付考试,万不得已冲撞恩师,弟子愿受重罚。"

水镜先生猛然醒悟,转怒为喜,扶起诸葛亮说:"看来,青出于蓝而胜于蓝,你真的可以出师了。"

看完诸葛亮的故事,是不是觉得诸葛亮实在是太聪明了,居然一次也没被老师考住!可是,我们怎样才能像他那样聪明呢?

诸葛亮之所以聪明是因为他懂得在学习上讲究方法。诸葛亮每次都没有按一般人的思维来思考问题,而是以自己的独特方式去完成老师的考核,这跟我们平时的做法是很不一样的,而事实也说明了,诸葛亮是正确的,他善于思考,运用自己的智慧,以独特的方式赢得了老师的赞许。所以,如果我们想要在学习上有好成绩或者与众不同,应该向诸葛亮学习,凡事都应该讲究方法。

好习惯训练营

诸葛亮是世上少有的智者,他的故事告诉我们,再难的问题也可以想办法解决,关键看我们有没有与众不同的思路和独特的想法。平日的生活中,如果总是遵循以往的方法,不会动脑筋,就只能不断重复已经走过的老路,毫无创新可言。善于学习的聪明人就会找到更加简单有效而又与众不同的好方法。

○孟娟

每天学习一点点 ○佚 名

只有每天向前一步,每天学习一点点,才能逐渐靠近自己的目标。

费利斯的父亲出生于贫苦农家,只读到五年级,家里就要他退学到工厂做工去了。从此,社会便成了他的学校。他对什么都感兴趣,他阅读一切能够得到的书籍、杂志和报纸。他爱听镇上乡亲们的谈话,以了解人们世世代代居住的这个偏僻小山村以外的世界。父亲非常好学,他对外面的世界充满了向往,他的这种强烈好奇心,不但随同他远渡重洋来到美国,后来还传给了他的家人。他决心要让他的每一个孩子都受到良好的教育。

费利斯的父亲认为,最不能容忍的是我们每天晚上上床时还像早上醒来时一样无知。他常说:"需要学习的东西太多了,虽然我们出生时愚昧无知,但只有蠢人才永远这样下去。"

为了避免孩子们堕入自满的陷阱,父亲要孩子们每天必须学一点新的东西,而晚餐时间似乎是他们交换新知识的最佳场合。

这时,父亲的目光会停在孩子们当中一人身上。"费利斯,告诉我你今天学到了些什么。"

"我今天学到的是尼泊尔的人口……"

餐桌上顿时鸦雀无声。

费利斯一向都觉得很奇怪,不论他所说的是什么东西,父亲都不会认为琐碎和乏味。

"尼泊尔的人口。嗯,好。"

接着,父亲看看坐在桌子另一端的母亲。

"孩子他妈,他今天所说的东西你知道吗?"

母亲的回答总是会使严肃的气氛变得轻松、愉快起来。"尼泊尔?"她说,"我不但不知道尼泊尔的人口有多少,我连它在世界上什么地方也不知道啊!"当然,这种回答正中父亲下怀。

"费利斯,"父亲又说,"把地图拿过来,让我们来告诉你妈妈尼泊尔在哪里。"于是,全家人开始在地图上找尼泊尔。

费利斯当时只是个孩子,一点也觉察不出这种教育有什么好处。他只是迫不及待地想跑出屋外,去跟小朋友们一起嬉戏。

如今回想起来,他才明白父亲给他的是一种多么生动有力的教育。在不知不觉之中,他们全家人共同学习,一同成长。

费利斯进大学后不久,便决定以教学为终身事业。在求学时期,他曾追随几位全国最著名的教育家学习。最后,他完成了大学教育,具备了丰富的理论与技能,但令他感到非常有趣的是发现那些教授教他的,正是父亲早就知道的东西——不断学习的价值,每天学习,每天进步。

生命有限,而学海无涯。我们成为怎样的人,决定于我们所学到的东西,每天都努力学点新的东西,这一天才没有白费。

成功源于一点一滴的积累。

每一个人,要想获得成功,从平凡走向卓越,就必须拥有对目标坚持不懈的恒心和强大的意志力。那些伟人们之所以能创造出伟大的事业,凭借的正是持之以恒的毅力。让我们来看一看他们为成功所做出的巨大努力:

马克思整整花费了40年的心血,才完成了巨著《资本论》。

伟大的德国文学家歌德创作《浮世德》用了50年的时间。

中国古代医药学家李时珍为了写《本草纲目》,跋山涉水30年。

著名科学家、气象学家竺可桢坚持每天记录天气情况,记录了38年零37天,其间没有一天间断,直到他去世前的那一天。

然而,这种持之以恒的毅力不是天生得来的,它需要在日积月累的坚持中慢慢磨炼而成,尤其是对于还不成熟的孩子们,持之以恒更需要在日常生活的许多细节中慢慢培养。要知道,成功不是一朝一夕可以获得的,只有每天向前一步,每天学习一点点,才能逐渐靠近自己的目标。

好习惯训练营

"冰冻三尺,非一日之寒;水滴石穿,非一日之功。"成功不是一朝一夕可以获得的,靠的是平日里一点一滴的积累。只有每天都有所获得,有所进步,才能在某一日到达成功的顶峰。所以,不可小看每一日小小的进步。

❤孟娟

上学只要半小时

> 秦 明

> 上学只要半小时,这半小时对她也许很短,但对我却是如此之长。

每个人都认为,世界上时间最公平,因为每个人每天的时间都是24小时,在没有经历下面这件事情前,我也是这样想的。不过,当那个叫王当的小女孩告诉我实情时,我的心像被电击了一样,我实在是没有想到,大山里面时间的概念原来和城市里面不一样。

我工作的学校在秦岭山区,一个偏僻村子的一所希望小学,村子里170多户人家800多名村民分住在两个大山沟中,小学就建在两条沟的交界处。因为小学刚建成,所以条件很简陋,师资力量非常薄弱。为了解决这一问题,学校号召大家利用周末前去支教,我报名参加了。

下了长途车,走了将近两个小时山路,一路跌跌撞撞,好不容易才来到学校。远远地,就看见一群穿得破破烂烂的小学生,在当地老师的带领下高喊着"欢迎、欢迎、热烈欢迎"的口号。

山里孩子胆小,守规矩,一上课就背着手坐着;他们也认生,见我是第一次来讲课,都不说话,傻乎乎地用双眼盯着我,腼腆而拘谨。为了活跃一下氛围,我问道:"同学们,告诉老师,你们来上学都要走多长时间呀?"我之所以这样问,除了想调动课堂氛围外,同时也是想借机了解一下学生上学路程的远近。因为经常在电视上看见山区孩子上学辛苦,天不亮就要出发,要走好几个小时才能够赶到学校。

这招果然很灵,原本安静的教室一下子沸腾了,孩子们都争先恐后地说自己上学所需的时间:最远的说要一个小时,最短的也要半小时。

"还好,"我点了点头,心想路程并不是太远,接着说道,"来了就要好好学习,不准调皮捣蛋!"

从早上到下午,我一口气上了七八节课,虽然累得快趴下了,可是心里还是很开心。山里孩子比城市孩子勤快,一篇课文,叫他读3遍,他绝对不会偷懒只读两遍的;他们也聪明好学,经常问很多问题。总之,在孩子们明亮而清澈的眼睛里,我看见了他们对知识的渴望。

放学时,天色还早,秦岭山里头,除了山还是山,孩子们一走,学校就只剩下几个支教的老师了,显得非常冷清。我突然间产生了一个念头,想送学生回家,顺便去家访摸摸情况,一举两得!

于是我问:"同学们,刚才谁说自己上学只要半小时呢?"

全班同学都把目光投向了坐在教室角落里的王当,"老师,是我!"这个叫王当的小女孩站了起来,她个子不高,斜挎着一个小布包,包的布料非常糙,看得出来,这是拿旧布自己做的。

"放学后先别走,老师送你回家,顺便去你家家访。"我说。

"老师,我……"王当话到嘴边又吞了回去,泛红的脸上写满了惊慌。

我笑了,安慰她说:"我知道学生都怕老师家访,我读书时也和你们一样,一听老师要去家访,就谎称父母出差了!放心,老师不会说你的坏话!"一句话逗得全班同学都开心地笑了起来。

放学后,我跟着王当上路了。一路上,她在前面带路,我就问她喜不喜欢学校、喜不喜欢读书这样的问题,她每次都点点头,很小声地说很喜欢。聊开了,我就问她回家后一般做什么? 她告诉我说,她回家后会看书,洗衣服,拔草,喂猪,照顾弟弟。我听了心里酸溜溜的,我在想,像王当这样12岁的小姑娘,为什么会承载了这么多的家庭负担呢? 而在城里,她的同龄人除了学习就只剩下娱乐了。

天色开始暗下来,我不止一次地看表,从出发到现在,已经快有一个小时了,她家怎么还没到? 我每次问王当,她总是小声地说就在前面。

终于,天即将黑了,我停下来很严肃地问她:"王当,你不是告诉老师,你上学只要半小时么,现在我们走了已经快一个小时了,怎么还没到? 你怎么能对老师说谎呢?"

王当抬起头看着我,泪水在眼眶里打转,脸上写满了委屈,过了一小会儿,她才很小声地回答我:"我每天是跑着去学校的,所以只要半小时,今天我们走得慢!"

跑着去的? 那一刻,我感到周围的空气一下子凝固了,我没有想到,王当所说的半个小时是跑着来计算的。

王当说完,没有再让我继续送她,而是自己撒腿跑了,一边跑一边喊:"老师,回去吧,你放心,我家就在前面!"

看着斜挎着旧布小包奔跑的王当单薄的身影,我的眼睛湿润了。上学只要半小时,这半小时对她也许很短,但对我却是如此之长!

好习惯训练营

越是艰苦的环境,越能磨炼人的意志力。小王当的求学之路在别人看来也许艰辛漫长,困难重重,但对于一个对知识充满渴求的农村小姑娘而言,再大的困难也阻挡不住她求学的渴望。小王当的经历告诉我们:一颗坚定的求知心,能克服所有挫折和阻碍,向着梦想飞翔。

孟娟

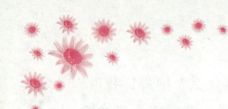

我曾经是全班倒数第一

> 张光武

别人看不起你,是因为你是一个背榜生,要改变别人的这种看法,就要先改变自己。

在中国,提起数学家,就不能不讲苏步青。作为一名享誉中外的著名数学家,他被认为是"东方国度灿烂的数学明星"。

苏步青出生在浙江平阳卧牛山下带溪村一个农民家庭。父亲觉得这个儿子读书会有出息,把他送进了自己哥哥开的私塾念书。后来,父母决定把苏步青送进县城高小。平阳县城高小很有声望,当地有钱人家都把自己的子弟送入这所学堂读书。农家出身、面黄肌瘦,由父亲挑着米,陪着走了100里山路赶到县城以米代交学费的苏步青,在那些一向作威作福惯了的富家子弟眼里,自然是横看竖看不顺眼了。

小小年纪,初次离家,苏步青连遭富家子弟的羞辱欺负,加之教师在课堂上全讲温州话,跟带溪村的闽南话风马牛不相及,听得他一头雾水,这个原本十分喜爱读书的男孩忽然对学习产生了厌烦心理。结果,连续三个学期下来,苏步青一直都是"背榜"(最后一名,把全班人都背在了背上的意思)。父亲无奈,咬咬牙,又为苏步青换了一所学校。进了新学校,苏步青本来也想好好奋发一回,但就在进校的那年秋天,他刚刚萌发的热情又几乎被教语文的谢老师迎头浇灭。

因为幼时熟读《三国》,苏步青对罗贯中的笔法无师自通,写起

作文也颇有几分神似。但谢老师根本不相信这样一个"背榜生"能写出如此文笔,于是在苏步青的作文上批了个"毛"（"差"），而且带着一脸的鄙夷不屑："抄来的文章当然好,可那只能骗骗你自己。凭你,还想写出好文章来？"

刹那间,苏步青觉得全身的血都快冲到脖子上来了,他强压着怒火,扭头就走。他发誓再也不上语文课了。

不想没多久,有一次语文课他逃学时,正好被他特别崇拜的地理老师陈老师发现了。陈老师问他怎么回事,苏步青委屈地把谢老师冤枉自己的事一五一十地说了出来。

"谢老师看不起我。"他含着泪水说。

"别人看不起你就不读书,这样一来,你要到什么时候才会让人看得起呢？"陈老师一语道破天机。

"别人看不起你,是因为你是一个背榜生,要改变别人的这种看法,就要先改变自己,要是你不再是背榜生,要是你从此成了第一名,你想想,到那时,谁还会看不起你？"

一席话振聋发聩,说得苏步青幡然醒悟。

打铁趁热,陈老师又给他讲了一个牛顿小时候的故事。牛顿也是乡下孩子,成绩也不好,城里的同学一样瞧不起他。但越是这样,他越是发奋学习,终于以全班第一名的成绩使同学们从此肃然起敬。后来,牛顿成了世界闻名的伟大科学家。

陈老师说的这个故事和最后这句话,苏步青记了一辈子。

从此,苏步青跟换了一个人似的,不但再也没有逃课,成绩也越来越好。学期终了,他出人意料地考了全班第一！第二学期,第三学期……他都是第一,背榜生成了头榜生。

学习是一生都要做的事。在当今这个信息社会，更需要我们不断学习，不断为自己"充电"。只有热爱学习，养成终生学习的好习惯，才能在学业以及将来的工作、事业上取得好成绩，给自己的人生交上一份优异的答卷。

会学习也要会休息 ◎佚 名

别以为不停地学习是一种成功的先兆，是一种人生的优点。

一个过路人壮胆去问一个卖鬼的外乡人："你的鬼一只卖多少钱？"

外乡人说："一只要200两黄金！"

"你这是搞什么鬼？太贵了吧！"

外乡人说："我这鬼可不是一般的鬼，很稀有的，它是只巧鬼。任何事情只要主人吩咐，全都会做。它又是只工作鬼，很会工作，一天的工作量抵得上100人。你买回去只要在很短的时间里，不但可以赚回200两黄金，还可以成为富翁呢！"

过路的人感到疑惑："这只鬼既然那么好，为什么你不自己留着使用呢？"外乡人说："不瞒您说，这鬼万般皆好，但他有一个缺点，只要一开始工作，它就永远不会停止。因为鬼不像人，是不需要睡觉休息的。所以您每天要把从早到晚所有的事都吩咐好，不可以让它有空闲，只要一有空闲，它就会完全按照自己的意思工作。我自己家里的活儿不多，不敢使唤这只不会休息的鬼，才想把它卖给更需要它的人！"

过路人心想自己有一片广阔的田地，家里还有忙不完的事，就说："这哪里是缺点，实在是最大的优点呀！"于是他花200两黄金心满意足地把鬼买回家，成了鬼的主人。主人叫鬼种田，没想到一大片地，两天就种完了。主人叫鬼盖房子，没想到3天房子就盖好了。主人叫鬼做木工装潢，没想到半天房子就装潢好了。整地、搬运、挑担、推磨、炊煮、纺织，不论什么，鬼都会做，而且都是很快就做好了。

在短短的一年里，鬼主人就成了大富翁。

但是，主人和鬼变得一样忙碌，鬼是做个不停，主人是想个不停。他绞尽脑汁地苦思下一个指令，每当他想到一个看似非常难的工作，例如在一个核桃壳里刻十艘小舟，或在象牙球里刻9个象牙球，他都会欢喜不已，以为鬼要很久才会做好。没想到，不论多么困难的事，鬼总是很快就做好了。

有一天，主人实在撑不住了，累倒了，忘记吩咐鬼要做什么事。鬼把主人的房子拆了，将地整平，把牛羊牲畜都杀了，又将财宝、衣服全部撕毁磨成粉末……正当鬼忙得不可开交时，主人从睡梦中惊醒，才发现一切都没有了。

现在的学生有点像故事中的主人，为了学习经常熬夜。别以为不停地学习是一种成功的先兆，是一种人生的优点。其实，学习与休息是相得益彰的。要想避免故事中主人的悲惨结局，就必须学会休息。

许多人因为摒除了一切能使生命变得和谐与有效率的享受与娱乐，所以在无形之中降低了自己的能力，扼杀了自己成功的可能性。

假如有一个人,有着一蓄水池的宝贵生命力,但他却在蓄水池上到处凿孔,让池中的生命力流尽。对于这个人,我们将有何感想?事实上有好多人就是这般做法!我们有着一大池的生命力,但由于我们的不谨慎、不留心与无知,使得大部分的生命力都从漏孔中流走!

　　有人时时刻刻都在浪费自己的精力,摧残自己的生命,因而减少了许多成功的可能性,却还要诧异成功为什么离自己依旧那么远!

 好习惯训练营

　　持续的压力,会让人崩溃;毫无节制的放松,则使人丧失心智。我们既要努力学习和工作,又要找出时间来休息和放松。每个在成功的道路上默默奋斗的人,都要找到使自己休息的方法,既能回望过去的足迹,也能看到未来的方向。

　　——齐婉秋

知识改变了修鞋匠的命运　❯佚 名

> 他十年如一日地坚持学习,虽然吃尽了苦,但他真正体验到了知识改变命运的甜头。

　　姜锦程1966年生于山东省高密县柴沟镇大王柱村一个贫困农民家庭。高中一年级时,父亲去世,家庭负担日益沉重,到了高三,他不得不辍学。务农3年后,他随一支建筑队到青岛打工。

　　刚进建筑队,他就开始自学,一年后就拿到了"建筑工程预算员资格证书"。他从搬砖的小工变成了预算员。他的命运第一次因为

知识而改变。

他没有就此满足。他要继续靠知识改变命运。他考上了青岛市职工大学。他一边工作,一边用业余时间上大学。

可是不久,工程完工,建筑队要移师威海,他如果跟着建筑队走,就得中断学业。他如果留在青岛学习,就没有了工作,没有了经济来源。经过激烈的思想斗争,他决定留下来继续念大学。因为这决定他未来的命运。

他走遍大街小巷也没有找到工作。一个修鞋的人给了他启发。他觉得,这个活挺好,机动灵活,时间可以自己掌握,能保证学业,又解决了温饱问题。他拿出兜里仅剩的200元钱,花196元购买了修鞋工具,走街串巷去修鞋。

为了学习、上课,他长期以来养成了一个生活习惯:每天凌晨3点钟就起床,看书到6点钟,大脑疲劳时再上床躺一小时,7点钟起来做饭,一边做饭一边看书。8点准时出摊。下午4点收摊,匆匆吃点剩饭就去上学。放学回来实在饿了就啃几口萝卜充饥,然后把教师讲的课温习一遍,10点上床睡觉。

就这样,他一连坚持读完了三个专业。1995年,他拿到了"工业与民用建筑"大专文凭;1998年,他拿到了法律专业大专文凭;1999年,他又拿到了英语大专文凭。

从1989年到青岛打工,到1999年拿到了三个大专文凭,他有10个除夕夜都是一个人在青岛阴冷的小屋里苦读。

1999年10月,他走进了律师资格考场,但这次名落孙山。

2000年10月,他又走进了律师资格考试的考场,这一次,他成功了。不久,他就被青岛某律师事务所录用。

修鞋匠当律师的消息不胫而走,被新闻媒体报道,被中央电视台《东方时空·百姓故事》专栏予以报道……姜锦程从小小的修鞋匠成为一名律师,是他自觉地学习起了决定性的作用。他十年如一日地坚持学习,虽然吃尽了苦,但他真正体验到了知识改变命运的甜头。我们有理由相信,他的明天会更灿烂。

好习惯训练营

　　知识就是力量,除了知识和学问外,世上没有任何其他力量能在人的精神和心灵中,在人的思想、想象、见解和信仰中建立起统治和权威。但我们不能只看到成功者最闪亮的时刻,更要看到他们在成功背后付出的艰辛努力和汗水。

○ 齐婉秋

在学习中解决疑问　　○ 佚 名

　　妈妈没有去过埃及,本来根本就不知道这个事情,是书籍给了我知识。

　　大家都知道伟大的富兰克林,但是谁都不会想到他在幼年的时候也不喜欢学习。他有时候拿起书来想看,但是只要外面有伙伴叫他去玩或者街道上发生了什么事情,他就会把书一扔,第一个飞快地跑出去看。

　　他家里虽然经济条件不是很好,但是父母还是为孩子买了好多有意思的书籍,并把这些书籍放在很显眼的地方。

　　有一天,小富兰克林跑了进来,对母亲说:"妈妈,你能告诉我埃及金字塔是怎么一回事吗? 我一个伙伴在考我。"

　　母亲就给他讲解起来:"埃及金字塔其实就是埃及法老的坟墓,

但是它的样子很是奇特……"

母亲把关于金字塔的各种知识都仔仔细细地告诉了他。

小富兰克林听得很入神，心里想："哇，原来世界上还有这么有趣的东西啊！我以前怎么不知道呢？"

他对母亲说："妈妈，你真是太厉害了，怎么什么都知道啊？我希望以后变得像你这么聪明，有着这么渊博的知识。"

"孩子，妈妈不是什么都知道，妈妈知道这些也都是从书上看来的。其实书上的知识很丰富，而且很多都是很有意思的，只要你去看，去发掘，就能变成和妈妈一样懂得这么多，甚至比妈妈懂得还要多。"

"是吗？妈妈。"小富兰克林更加不解了。

"当然了，妈妈没有去过埃及，本来根本就不知道这个事情，是书籍给了我知识。孩子，刚才你说你希望成为像我这样的人，那么你就要从现在开始多多地看书，汲取里面的精华，把它变为自己的东西，这样你就一定会比妈妈厉害。"他母亲继续引导他。

"好的，妈妈，我知道了。以后我一定要好好地看书，把这些知识都学到我的脑子里去。"小富兰克林高兴地回答。

从此，小富兰克林就对书籍有了兴趣，经常拿来书籍翻阅，津津有味地学习里面的内容。他母亲看到这些，心里很是安慰，但是小富兰克林还是有点缺乏自制力，有时会被别的事情分散注意力。

所以他母亲经常在他看书的时候对他说："孩子，你现在在看书，不要去管别的事情，等你看完了再和小伙伴们玩，好吗？"

"好的，妈妈。我喜欢看书。"小富兰克林大声地回应着。

然后母亲就会把他的玩具放到别的屋子里去，同时把房间的窗户关好，尽量不让别的事情来影响孩子的学习。

就这样，慢慢地，小富兰克林就能够很好地控制自己了。他不会再因外界而受影响，所以才有了后来的辉煌。

人类是怎样起源的？天空为什么是蓝色的？为什么会有白昼黑夜的更替？……我们生活的这个世界非常精彩，有许许多多的奥秘等待着我们去发现，去探索。只有能提出疑问，才会有求知的欲望。小富兰克林的幼年经历告诉我们，只要你有兴趣，热爱学习，并以较强的自制力坚持汲取知识，每一个人都可以在某一领域做出属于自己的成绩。

孟娟

华佗两次拜师　⚪佚　名

人各有所长，我有很多不明白的地方，是您教会了我，自然您就是我的老师。

东汉末年，有一位姓蔡的医生医术高明，附近很多人都把孩子送过来，希望拜蔡医生为师，学习医学。前来拜师的人很多。蔡医生觉得应该收那些智商高的孩子，就决定先考考他们。这些孩子中间有一个就是7岁的华佗。

他把他们召到面前，指着家门口的一棵桑树问："你瞧，这棵桑树最高枝条上的叶子，人够不着，怎么能采下桑叶来？"

"用梯子呗！"一些孩子齐声说。

"我家没梯子。"蔡先生说。

"那我们就爬上去采。"

"谁能想出别的好法子吗？"蔡先生在询问的当口，发现华佗已经找了一根长长的绳子,他用绳子系上一块小石头。小华佗抓起石块用力往那最高的枝条上抛,很快就套住桑条,桑条下垂,伸手就可以把桑叶采下来了。蔡医生说:"华佗的办法最好!"

这时,庭院旁有两只山羊在打架,蔡先生问:"你们谁能叫那两只羊不要打架?"几个孩子就过去拼命拉,可是怎么也拉不开执拗的山羊。唯有华佗没有上去拉,而是在桑树下转悠了一圈,拔了一把鲜嫩嫩、绿油油的草。他把草送到两只山羊的面前。这时,山羊已经很累,肚子很饿,见了草就顾不得打架了。蔡医生非常高兴地说:"华佗真会动脑子,从此,你就是我的学生了。"

华佗拜师后,师傅说:"这里有许多病人,你就专门侍候他们吧!"华佗一面耐心侍候病人,一面留心观察每个病人病情的变化和用药情况。慢慢懂得了不少病的病源、病理和用药方法。一天,师傅说:"你已经学了不少东西,但是还要学些医书、药典。"他带华佗到内室,只见到处是书籍、挂图。华佗高兴极了,从此不分昼夜,如饥似渴地钻研起典籍来。

暑去寒来,又是很多年过去了。一天华佗正在读书,突然有人跑来说:"师傅病了,你快去看看。"华佗连忙跑去,只见师傅两眼紧闭,手脚僵硬。他摸了摸师傅的额头,又按按师傅的脉搏,然后笑着说:"师傅无大病,自会好的。"大伙都讥讽华佗不懂医道。就在这时,师傅突然坐起来,哈哈大笑说:"华佗说得对,我是故意装病,想试试你们的本领。"有志者事竟成,华佗终于学得一手好医术,辞别了师傅,下山给人们治病去了。

华佗技术全面,求其精于外科,曾发明全身"麻沸散"用于剖腹开背、切除胃肠等大手术,很快就功成名就了。一次,华佗给一个年轻人看病,经望、闻、问、切后,认为患者得了头风病。可是一时又拿不出治疗的药方,急得束手无策,病人失望地离开了。

后来这位病人找到一位老医生,很快就治好了头风病。华佗知道后很是惭愧,便打听到老医生的住处,决心去拜师学艺。但华佗已经名噪四方,担心老医生不肯收他为徒,于是改名换姓,来到老医生门下,恳求学医。老人见他心诚,就收下了他。

从此,华佗起早贪黑,任劳任怨,虚心好学,终于获得了治头风病的绝技。当华佗要离开老师时,他才告诉老人自己的名字。老人一把拉住华佗的手说:"华佗啊,你已是名扬四海,为何还要到我这里受苦?我能教给你什么呢?"华佗把来意告诉了老人,回答说:"人各有所长,我有很多不明白的地方,是您教会了我,自然您就是我的老师。"

 好习惯训练营

解决问题能够找到最简单有效的方法,跟随老师学习要全神贯注,别人的某些技艺高于自己时,想方设法地去向人家学习,华佗之所以能成为一代名医,和他谦虚好学的学习态度是分不开的。孔子说:"三人行,必有我师。"如果我们都能有这些伟大人物的学习态度,一定没有学不会的东西。

○孟娟

第 **2** 辑

读书滋味长

　　书籍是人类进步的阶梯，是改造灵魂的工具。名人也罢，凡人也好，所有人的成长过程中都需要一份富有启发性的养料——书籍。从小培养自己爱读书、爱学习的良好习惯，让懵懂的少年真正长大，体会到热爱世界、尊重人类所带来的幸福和快乐。

上帝刚刚来过　　◎澜　涛

我有些震惊,是怎样一种痴爱让一个八九岁的孩子想通过打工换取阅读权的呢?

　　高中毕业后,没有考上大学的我开了一家书店,我的书店在我所居住的这座城市的一条二类街道上,这不仅仅是为了节省租金,还因为这附近有一所小学和一所中学。我一直认为,学生是最大的阅读群体。

　　书店开业不久,我发现每天中午都会有一个八九岁模样的小女孩到书店来,翻看那套《一千零一夜》。整整两个星期,小女孩每天必来。周末的时候,小女孩的衣着要比平时更加简朴,穿的衣服上还打着补丁。有的时候,发现我在注意她时,她就会像做错事一般,立刻放下书,低下头,满脸羞涩地离开。凭直觉,我意识到,这个小女孩一定是特别喜欢那套书,但又没有钱买。开店以来,这样的情况经常能够遇到,但像小女孩这般痴爱一本书的人还从来没有。

　　这天中午,小女孩再次来到书店,径直走到放着《一千零一夜》那套书的书架前,我装作对她的一切毫不在意的样子将头转向窗外。谁知,小女孩却拿着那套《一千零一夜》来到我面前,声音怯怯地问我:"叔叔,我很喜欢这套书,可我没有钱。听说外国的小孩都可以打零工,我马上要放暑假了,我能帮你做点什么吗?"

　　我有些震惊,是怎样一种痴爱让一个八九岁的孩子想通过打工换取阅读权的呢？又是怎样的穷困、刚强和自尊让一个女孩选择用劳动换取渴望的呢？

　　我真想将这套书送给小女孩，但我从她的目光中了解到，她不会接受有着施舍嫌疑的赠与。我环顾室内一番，当我的目光落到墙角的拖布上后，终于长出了一口气，对小女孩说道："那你暑假期间来帮我打扫卫生吧！"

　　我和小女孩达成了协议，暑假期间她每天早晨来帮我打扫书店卫生，然后她可以免费阅读书店里所有的书。

　　暑假很快就到了，每天开店门后小女孩就会赶到，擦书架、整理书、拖地……每一样活计都干得一丝不苟，每天小女孩都会累得满头大汗。打扫完之后，小女孩会立刻捧起那套《一千零一夜》，躲到书店的一角津津有味地读起来。

　　渐渐地，在闲聊中我得知，小女孩叫梅子，家就住在附近，父亲早亡，她和做环卫工人的母亲相依为命。因为母亲收入很低，日子过得十分清苦，根本没有多余的钱购买课外书籍。十分喜爱阅读课外书的小女孩最大的梦想，就是将来能够考上一所名牌大学，读遍大学图书馆里所有她喜爱的书。

　　一天，开店一个多小时了，梅子仍旧没来。我不由得为梅子担心起来，一边心不在焉地打扫着卫生，一边不停地向门外张望着。开店两个小时左右，梅子终于来到书店，满脸忧伤地告诉我，她的妈妈被车撞伤了，她为了给妈妈做饭，照顾妈妈所以来晚了。说着，梅子拿起抹布就去擦拭书架，当她发现书架已经被擦拭过，又看了看地板，发现地板也很干净后，就问我："叔叔，你擦过了？"仍旧沉浸在梅子不幸中的我一愣，故作惊异地说道："我没擦啊，真奇怪。哦，一定是刚才上帝来过，帮忙打扫的。"那以后，我总会在梅子到达书店前将卫生都打扫完，梅子来了后就可以直接去看书了。

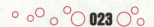

暑假结束时,梅子不仅看完了那套《一千零一夜》,还阅读了许多其他书籍。梅子最后一天来打扫卫生时,我将一套崭新的《一千零一夜》送给她,告诉她,这是对她暑假期间的良好表现的奖励。梅子抱着书,欢喜得双眼盈满泪。

　　没有等到梅子的下一个假期到来,我的书店就因为拆迁而不得不关门了。此后,我去了南方,也就再没有见过梅子。

　　十几年后的一天,我去参加一个"手牵手辅助贫困失学儿童行动"活动,一个二十几岁模样的女孩拦住我,问我还认不认识她,我端详了许久也没能想起她是谁。女孩告诉我:"12年前,我在你的书店打扫卫生,你还送给我一套《一千零一夜》……"我的思绪立刻回溯到12年前,可我怎么都无法将面前这个落落大方、美丽清秀的女孩和12年前那个青涩的梅子联系到一起。我询问着梅子和她母亲现在的情况。梅子告诉我,她母亲的身体很好,她在一年前考上了大学,现在勤工俭学供自己上学的同时,还资助着2名贫困学生……最后,梅子对我说道:"小时候不懂,以为卫生真的是上帝帮忙打扫的。长大后,才明白那些都是您做的。现在,我经常告诉自己,无论这个世界是否真的有上帝,每个人都可以做上帝的使者。"

好习惯训练营

　　读书,是一种快乐,一种可被传播的幸福。读书,承载着很多人的憧憬和梦想。当我们把这些希望和快乐传递给更多人时,憧憬和梦想便会成真,幸福将洋溢在每个人的脸上。正如文中所说,"每个人都可以做上帝的使者"。

齐婉秋

读书滋味长 清　风

布衣暖,菜根香,读书滋味长。腹有诗书,日子过得是不一样的味道。

小时候,在一个小村庄里,家里穷,只有一台小小的收音机,我常拿它来听广播剧,听小喇叭广播,还有"星星火炬"。偶尔有一次,"星星火炬"里出了个题目,大概是怎么样才能让冰棍融化得慢一点。那时我还不太会写字,在父亲的帮助下,歪歪扭扭地连拼音带汉字写了几种办法,装到信封里寄了出去。半个月后,我等到了穿绿色衣服的邮递员,他给了我一封信,信里面装着一张卡片,是节目组送给我的,上面写着几句鼓励的话。我对穿着绿衣服的邮递员发生了浓厚的兴趣。父亲对我说:叔叔给我们送信,还给我们送书报。我嚷嚷着:我要订书,我要订报!于是,父亲给我订了份《少年报》,从此我的阅读生涯正式开始。

那一年,我所有的快乐都来自这位邮递员叔叔。等着他来递给我一张散发着油墨香的报纸。我会把报纸藏在书包里一整天,就像有好吃的东西藏起来没吃一样,心里便有期盼,等到了晚上,在灯下拿出来,一个人细细地读。

也许是看报的关系吧,我的语文成绩很不错,尤其作文受老师青睐。我们的小学校有个大木箱,里面装着经年的《儿童时代》,因为作文写得好,老师便一本一本借给我:那时生活很苦,而我,却很快乐。母亲说：书中自有黄金屋，小薇，你记着，书能给你想要的一切。一切是什么，那时的我不知道，只知道书很神奇，能让你笑，让你哭，让你觉得前面有无数的希望在飞，能让你有千里眼和顺风耳……

后来，我们搬离了那个小村庄来到了城市里。读书的快乐一点点降了下去，甚至，一本新书比不过一条新裙子，比不上一次K歌的快乐，我渐渐冷落了它，它也疏离了我。

直到某一天，我开始从事一份文字工作，我的文字里流露出来的东西让朋友们看了很惊讶，他们说：我的文是布衣文，很纯朴，也很动人。

我仔细地打量那些变成铅字的文字，它们离我那样近又那么远。隐隐约约我想起了十几年前，小村子里的黄昏，别的孩子都在外面玩口袋，那个梳着马尾的女孩却安安静静地坐在窗边读《海的女儿》，读郑渊洁童话，她从没想过有一天，她写的文字会变成书里的一部分，会被很多人读到。想到这些，我笑了，就这样与书重续前缘。

那天，我去书店，一眼看到朴素封面的《散文》，淡青、绛紫、浅灰，暗暗的底子，朴实无华，翻看，目光与那些清淡的文字相遇，爱不释手。

浮嚣的社会里，我终于又找回了属于自己的人生定位。干净，简约，不用华服美饰来打扮自己；吃母亲做的咸菜、清粥，吃得津津有味；然后呢，捧一卷新书，坐于灯下，目光与那些触动人心灵的文字相遇，心就能渐渐沉静下来。书是一种境界，与世俗欲望皆无关系。

兜兜转转，读书从童年的快乐到少年的上进又到青年的追名逐利，又到现在的感悟，就像画了一个圆。我又回到起点，读书又可以像小时候一样带给我那么多快乐了。

清人张潮在《幽梦影》里写道："少年读书，如隙中窥月；中年读书,如庭中望月;老年读书,如台上玩月。皆以阅历之浅深,为所得之浅深耳。"读到这段,不禁莞尔,这大概就是人生读书的几个阶段吧。不过,我更喜欢这句话:布衣暖,菜根香,读书滋味长。腹有诗书,日子过得是不一样的味道。

想来,母亲说的"书能给你想要的一切",未尝没有道理。吃饱穿暖有书看,这便是读书人的一切,你说呢?

 好习惯训练营

读书,是一种境界,可以让人静下心来,获得一种满足感和愉悦感,与功利无缘。它可以融入每个人的生活经历,潜移默化,陶冶情操,为丰富多彩的人生做出多种纪录。我们从中获取的感悟,将时刻伴随着我们一起成长。 ◎齐婉秋

酷爱读书的托尔斯泰 ◎王冠

小托尔斯泰从识字起,就和父亲共同拥有这些书,常常捧着书就忘了吃饭。

1828年8月28日,俄罗斯乡村波良纳一个贵族家庭里出生了一个孩子,他就是列夫·托尔斯泰。波良纳有茂密的森林、辽阔的田野和美丽的花园。那春日的轻云,那透明的、弥漫着和煦阳光、散发着花草芳香的空气,令小托尔斯泰目醉神迷。他在这里度过了他一生最美好、最纯洁,充满欢乐与诗意的时光。

托尔斯泰从小就置身于俄罗斯美丽的民间艺术的氛围里。他

父亲比较开明,家人与农奴们和睦相处,这使小托尔斯泰能广泛接触民间生活,能常和农奴的孩子一起游戏,一起跳舞,还一起去听盲人说书人讲故事,也渐渐地熟悉了童话传说、民歌民谣,积累了大量的创作素材。托尔斯泰在日记里这样写道:"人民中间有着自己美妙的无法加以模仿的文学,这不是那种虚假的货色,它发自人民的内心。"

小托尔斯泰喜爱读书,受益于他的父亲。他父亲自己爱读书,也鼓励孩子读书。他收藏了许多图书,有古典文学作品,也有各种历史文献和自然著作。小托尔斯泰从识字起,就和父亲共同拥有这些书,常常捧着书就忘了吃饭。读书培养了小托尔斯泰杰出的审美能力和艺术感受力。

有一天,父亲正在读书,看见小托尔斯泰就喊道:"列夫,来读读这本书。"小托尔斯泰接过诗选,一看是普希金的诗,就声情并茂地读起来。他的教父听到读书声,从另一个房间跑过来,高声说:"好,列夫,你读得太好了!"小托尔斯泰读诗时所表现出的激情使他非常吃惊:"一个8岁的孩子,能这样深刻理解普希金的诗,把思想感情表现得这样恰如其分、淋漓尽致,真是奇迹!"

小托尔斯泰渐渐成长起来了,后来写了《安娜·卡列尼娜》、《战争与和平》、《复活》等名著,成为享誉世界的大文豪。

好习惯训练营

书籍是人类进步的阶梯,是智慧的钥匙,是屹立在时间的汪洋大海中的灯塔。从小就培养自己爱读书、爱学习的良好习惯,将影响我们的一生。无论将来走到哪,从事什么行业,读书都能使我们充实,犹如利器,为我们在人生道路上披荆斩棘。

齐婉秋

嗜书如命的伟大文学家 ◎佚 名

正是因为书的引导,高尔基走出了一条不寻常的人生之路。

1868年3月28日,马克西姆·高尔基出生于俄国中部诺夫戈罗德的一个木匠家庭。他的童年几乎总跟不幸连在一起。

在他5岁那一年父亲去世了,母亲只好带着高尔基投奔了开染坊的外祖父,但外祖父家的人口众多,而且染坊的生意也不十分景气,一大家子生活得非常艰难。

当高尔基10岁的时候,不幸的事情又发生了,母亲因为一场急病而离开了人世,紧接着外祖父的染坊又面临破产,这个时候,高尔基只好辍学进了一家鞋厂当学徒。

在鞋厂里,高尔基虽然勤勤恳恳地干活,但是不仅吃不饱,而且有时干活慢一点还会遭到凶恶的老板的打骂。于是高尔基决心离开这里。后来他又在一条船上找了份洗碗的工作,这里干活的人都非常喜欢他。

有个大胖子厨师经常给他讲故事,并且还把自己的书借给高尔基看。有一次,高尔基在烧茶的时候,抱着一本书看,他被书中的主人公给迷住了,结果茶炉被烧坏了,船主把高尔基狠狠地打了一顿。

高尔基只好把看书的时间,放在了每天干完活之后,他开始接触到了果戈理和巴尔扎克等作家的作品,书中的故事吸引着他,同时也使他萌发了写作的愿望。

由于船主太过凶恶，高尔基又换了一份工作，到一家画铺去当帮工。他的运气实在不好，这里的老板娘也很凶。有一天，他深夜里还在看书，被老板娘发现了，于是老板娘用木棍打了他一顿，她认为高尔基把她的蜡烛用得太多了。

为了能在干完活以后的夜晚里多看一点书，高尔基便把蜡烛盘里的蜡油刮下来自己再动手制作成一支小蜡烛。

1884年，高尔基决定要去读书、上大学，于是他来到喀山求学。可到了喀山他才明白，上大学的理想难以实现。为了生存，他只得干着各种各样的杂活，劈柴、搬运货物，生活在那些流浪汉之间。在这里，他不仅耳闻目睹，更是亲自饱尝了底层人民生活的痛苦经历。这些都为他后来的文学创作提供了真实而重要的参照和素材，也使高尔基的内心充满了对正义的无限向往。他说："我身上一切的品质都要归功于书籍。"

好习惯训练营

高尔基为我们留下了许多优秀的文学作品，这些作品中的故事至今鼓舞着身在困境中的人们奋发自强。这些故事来自于他的人生经历，来自于他早年与书的结缘。正是因为书的引导，高尔基走出了一条不寻常的人生之路，而世界也因此多了一位伟大的文学家。

孟娟

喧哗中的宁静

◎李号军

在大学剩下的两年时光中,在以后的人生岁月中,在喧哗的世界中,享受一份宁静的阅读心情。

大四的学生要毕业了,过几天就要离开这个待了四年的地方了。好多天前就看到好多大四的学生忙着搬东西,衣服、书、被子好多杂物。一想到再过两年我们也会像师哥师姐们一样,离开可爱的校园,就不免有些感伤。这几天学校放松了对学生不许经商的限制,特意给大四的学生安排时间让他们处理旧书。所谓的处理,就是在校园的路边摆个摊把旧书卖给师弟师妹们。卖的书大多是英语方面的资料,而买书的大多是大二将要考英语四级的学生和大三准备考研的学生。卖的书比较便宜,而且也能借此机会和大四的学生交流一下,了解一下就业和考研方面的信息。所以每天大四的学生一出摊,就有好多学生围观,使得平时很冷清的道路一下子热闹起来,熙熙攘攘,甚至有些拥挤。

下午我们班没有课,我上完自习早早地吃了晚饭,就匆匆回到寝室,抱了午休时收拾好的旧杂志去楼下卖。夹杂在大四卖旧书的学生队伍中,我坐在自带的凳子上边看杂志边等买主。这些杂志是我上大学以来买的,有30多本。有影视时尚之类以图画为主的,但大多是《读者》、《散文选刊》之类以文字为主的杂志。这些杂志我虽然都翻过,但是并没有认真读过,有时候是因为没有时间,有时候是因为懒散。当初买它们，是因为习惯和对文字的向往，那种渴望恨不得立即坐在书店读上一两个小时。可是等到真的把书买回来了，却又没有阅读的兴趣和激情。心情总是被一些无关紧要的杂事左右，激情消融于晨昏的悠闲和散漫。以致两年下来我的心情总是被空虚感和失落感所困扰。就像眼前这些并不算太旧的杂志，里面好多增长见识的知识我都没有去了解，好多提高人素养、提升人品位、滋润人感情的文章我都没有去阅读。花了钱又没有获益，我实在是傻到家了。

　　我安安静静地读着杂志，平时少有的安静。摊点前的路上人来人往，有匆匆而过赶着去上课的学生，有饭后骑自行车闲逛的恋人，也有三三两两的同学或者老乡。有人在我的摊点前蹲下身，随意地翻着杂志，然后离开，没有问价钱。有的问了价钱后又离开。一个多小时的时间里，没有多少人光顾我的摊点，而我的杂志也一本没卖出去，尽管价格很低。而我临近的一个卖英语资料和考研资料的师哥，却卖出去好几本。我没有失败感，因为我完全沉浸于读书的快乐，沉浸在书的世界里了。我读了2002年第18期《读者》上的一篇文章：《宽恕：一个犹太女人的"复仇"》。那个犹太女人叫劳拉·布拉门菲尔德，美籍犹太人。她的父亲遭到了一个巴勒斯坦青年的枪击，所幸活了下来。为了给父亲报仇，她和丈夫搬家到了以色列，寻找袭击她父亲的枪手。然而，在找到枪手后她却陷入了是否为父亲报仇的矛盾。虽然父亲的仇人最后还是被施以严重的刑罚，但是劳拉·布拉门菲尔德却并没有感到欣慰。因为她对报仇已经有了新的理解。这与我以前接触的报仇的概念大相径庭。她对报仇的理解其实就是宽容和爱的表示！

　　我醉心于阅读了。我突然为我以前没有好好读书而遗憾，这么多的好书，这么多感人的故事，却因为我的懒散而被错过。如果不是因为这次卖书找出来,它们岂不是要在我的书柜最阴暗的角落沉睡? 到我行将毕业、收拾行李的时候,我岂不是会对着这么多未读的好书而懊悔难过、心生失落? 也许我会有很多理由来解释错过这些好书的原因:英语过级考试、研究生入学考试、论文……很多理由,但是在失落和遗憾面前,这些理由的解释能力总显得那么无力,面对逝去不再的时间,这些理由总是那么难以安慰怅惘失落的心。

天快黑了,大四的师哥师姐们开始收摊了。我也准备收摊了。看着眼前的一本本杂志,我忽然心生不舍,我要拿回去好好阅读,把浪费的时间补回来。在大学剩下的两年时光中,在以后的人生岁月中,多读书,读好书。在喧哗的世界中,享受一份宁静的阅读心情。

好习惯训练营

書籍是改造靈魂的工具。我們所經歷的成長,需要的是一份富有啟發性的養料;而正是閱讀帶來這份養料,讓我們在精神上擁有堅強、忠誠和理智,讓懵懂的少年真正長大,體會到熱愛世界、尊重人類所帶來的幸福和快樂。

——李之悦

拿破仑和书　◎李肇星

是维吉尔的史诗、伏尔泰的悲剧和其他一些历史名著陪伴着拿破仑走完了他人生的最后历程。

多少年来,人们对法兰西第一帝国的皇帝拿破仑·波拿巴波澜壮阔的军事生涯津津乐道,殊不知在戎马倥偬(kǒng zǒng)之中,

他还是个"蛀书虫"呢！

　　拿破仑出生在科西嘉岛一个破落的小贵族家庭。初进学校时，由于长得矮小，说话带口音，又没钱买好衣服穿，他是经常被人讥笑的对象。为摆脱这种困境，提高自己在同学中的威信，他十一二岁便养成了努力读书的好习惯。他特别爱读历史书和人物传记。他崇拜像布鲁图那样的古罗马共和主义政治家，幻想着自己有朝一日也成为旷古英雄而名垂史册。

　　他在农村长大，对田园风光颇为留恋。上学时，他曾专门开出一片空地种菜栽花，一有空闲就躲在这块小小的土地上埋头读书。他把看书当做最愉快的课余消遣。他钱不多，但每月总要省出一点用来买书、租书。他的学业突飞猛进，阔少爷们都不再轻易嘲笑他了。

　　几年以后，他爱上了法国启蒙思想家卢梭的著作。他生吞活剥似的阅读着《社会契约论》、《忏悔录》、《爱弥儿》等书，一边读，一边做笔记，并模仿卢梭的笔调写文章，抒发自己的情怀。

　　当兵后，读书的习惯一如既往。他是个小说迷，也喜欢高乃依和伏尔泰等人的剧本。在剧本中，他偏爱悲剧，认为悲剧高雅，有益于提高士气。

　　据记载，他有一次违犯军队纪律被关禁闭，在禁闭室一个破旧衣橱里找到一本古罗马《国法大全》。他喜出望外，在不太长的禁闭期内如饥似渴地读完了它。当权之后，他曾大段引用该书的内容来阐明自己的观点，令不少人为之惊奇，他们实在弄不清这位皇帝是在何时何地获得了那么渊博的法学知识。

　　担任统帅后，拿破仑东征西讨，宁日无多，但战事余暇和行军途中仍喜欢以书为伴。乘船前往埃及时，他专门任命了一位军官管理图书。他规定，历史书籍一定要藏好，小说类则可以随便出借。后来，他突然生起气来，抱怨部下对通俗小说的兴趣太浓，不像个军人的样子。于是下令停止出借小说,只准出借历史书。

他对某些小说的批评显然有欠公允。比如,他竟把歌德著名的书信体小说《少年维特之烦恼》称为只配给女佣人读的东西。当然,这是气头上的话。若干年后,拿破仑接见歌德本人时,称赞歌德人品高尚,说《少年维特之烦恼》写得不错,只不过结尾不那么理想——基本上算是为歌德"平了反",但还留了一条小尾巴。

为了消磨时间,他也读诗。他尤其喜欢高声朗诵古希腊盲人诗圣荷马的不朽巨著《奥德赛》。据同代人回忆,他读起来很有感情,不过声调略欠圆润,还常常读错字。

1815年滑铁卢之役惨遭失败后,拿破仑被流放到圣赫勒拿岛。在这座大西洋深处荒凉的孤岛上,能给人带来安慰与快乐的东西很少。不是枪和炮,是维吉尔的史诗、伏尔泰的悲剧和其他一些历史名著陪伴着拿破仑走完了他人生的最后历程。

好习惯训练营

书是拿破仑一生最好的伙伴。少年时期他通过读书摆脱了被嘲笑的境遇;青年时期他通过读书积累了丰富的历史知识,确立了自己的人生目标;哪怕是在最失意的时候,也是书陪伴着他,给了他莫大的慰藉。让书成为我们一生都离不开的好朋友吧。

●孟娟

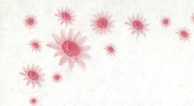

抄书成才  ◎佚 名

几年下来,宋濂就有了几十部手抄书,甚至还有一套手抄的《史记》,这可有52万字呢!

宋濂（lián）是明朝初年的一位著名学者。他学识渊博,被明朝的开国皇帝朱元璋任命为翰林学士,所以人们都叫他"宋学士"。他一生写过很多文章,都收集在《宋学士全集》中。

宋濂出生书香世家,爷爷、父亲都读过许多书,母亲也是个知书达理的大家闺秀。可惜,有一年闹瘟疫,短短一个月,爷爷和父亲就相继病逝。为了躲过灾难,母亲带着襁褓中的宋濂回到了娘家。年轻守寡的母亲是个有远见的刚强女子,为了养育宋家这棵独苗,她含辛茹苦,决心一定要把儿子培养成为一个有知识的人。从此,母亲一边帮人家做针线活,一边教儿子认字,还手把手教他练大字。七岁的宋濂不但认识了2000多字,而且还能写一手工整的小楷。

一天,母亲坐在窗边做针线活,看儿子心不在焉地把字块移过来挪过去,撒了一地。

"儿啊,不舒服吗?"母亲放下手中的活,摸摸儿子的额头。

"娘,我已经7岁了,光认字块、练字有什么用,我要念书、看书。"

"念书?"这可让母亲有些为难。母亲拿着针线,默默地做着手中的活计。忽然,她眼睛一亮,忙安慰儿子说:"有了,妈想办法借书给你读。"她告诉儿子,手头这些活是县城李举人家的,听说李

家有许多藏书，等活儿完工送去时，顺便求他借几本书。

母亲每天起早贪黑，衣物很快就做好了。几天后，宋濂跟随母亲来到李家。李举人得知七八岁的孩子如此渴望读书，破例让他进书房自己去挑一本，但必须在一个月后完好无损地归还。

小宋濂站在书柜前，踮起脚左看看右瞧瞧，抽出了一本《左传》。抱着《左传》，小宋濂如获至宝，一回家就埋头读了起来，可过了一会儿，他却急急忙忙找来笔墨，铺开纸，母亲不解地问："整天闹着要看书，如今书借来了，又练什么字？"

"娘，这借的书，很快得还给人家，从现在起，我借到一本书就抄一本，借一百本就抄一百本，这样我不就有自己的书了？"

一个月后，宋濂恭恭敬敬地把书还给了李举人，还很自豪地告诉他，自己也有了一本。这回，他又向李举人借了一本《论语》。几年下来，宋濂就有了几十部手抄书，甚至还有一套手抄的《史记》，这可有52万字呢！

 好习惯训练营

在艰难的环境里不忘求知，在困顿的时候抓住可以读书的机会，并有意地磨炼自己，宋濂因此成为学贯古今的著名学者。虽然，不是每个人都能成为大学者，但每一个人都能成为爱读书的人，而爱读书的人成功的机会更多，成功的可能性也更大。

陈年年

歌德与书的故事 ▶佚 名

小歌德做出了一个惊人之举,他主动要求学习,并不顾一切地拼命学起来。

歌德是德国著名的大文学家。但是,在歌德小时候曾有很长一段时间是个不爱学习的孩子。他不仅不爱学习,而且还非常厌恶学习。那时的他把学习当做自己最大的敌人。当时小歌德成天只知道玩,还因此挨了很多的骂,也挨了不少的打,但是无论他父亲怎么做,都不能让他安心地学习。

一个偶然的机会,歌德的父亲见到了著名人类学家福斯贝先生,他是一个热衷于儿童教育的人,他讲了许多名人受教育的故事给歌德父亲听,歌德父亲从他的谈话中受到了许多启发。

回到家中,他对歌德运用新的教育方式,并改变了态度。他跟小歌德讲了许多历史上伟人的故事,并告诉他,那些伟人从小都是爱读书的孩子。

父亲一开始也不要求小歌德什么都听从他的,只是让小歌德在潜意识里慢慢地把读书、学习和伟人联系在一起,对学习有一个新的认识。

一天,他父亲与朋友正在谈一个流浪汉的故事,当他发现歌德在旁边时,歌德的父亲便故意提高了声音说道:"听说他小的时候也不爱读书,只知道玩,他认为不读书也可以生活得很好。可是长大之后,因为他什么都不懂,什么都不会,想找个工作也找不到,只好变成一个要饭的人了。"

父亲的话给了小歌德巨大的震撼,他想,我是要做一个高尚的人,还是做一个要饭的人呢?第二天,小歌德做出了一个惊人之举,他主动要求学习,并不顾一切地拼命学起来。他的行为告诉人们,他选择了去做一个高尚的人。最后,小歌德做到了,实现了自己的愿望。其实,任何孩子都可能像小歌德一样做到这样的转变的。

 **好习惯训练营**

没有人生来就拥有一切好的性格、品德,包括我们熟知的伟人。很多好的品德都是通过后天的努力培养出来的,其中一个重要的方式就是通过读书,读好书。书是前人经验的积累,读书可以避免重复前人走过的弯路。爱上读书,你会发现,收获的不仅仅是知识。

陈年年

布衣暖，菜根香，读书滋味长。

第 **3** 辑

多思有如神助

　　我们从小就听过这个故事：牛顿看见苹果被风吹落在地上，从而发现了万有引力定律。生活中极为普通常见的事情，一般人都会视为理所当然，也不去思考其中的奥秘。牛顿之所以能成为著名的物理学家，和他从小爱观察、爱思考的习惯是分不开的。只有做生活的有心人，我们才能取得更好的成绩。

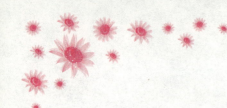

让想象的翅膀永远飞翔 ▷佚 名

> 她有许多意想不到的怪主意,例如去听树叶的歌唱,去看蝴蝶的晚会等。

20世纪90年代的英国,有一个23岁的女孩子,除了有着丰富的想象力之外,与别人相比没有什么不同,平常的父母,平常的相貌,上的也是平常的大学。

大学的宽松环境让她有了更多的时间去想象,她的脑海中常会出现童话中的情景:穿着白衣裙的美丽姑娘、蔚蓝的天空、绿绿的草地,当然,还有巫婆和魔鬼……他们之间有着许多离奇的故事,她常常动手把这些想法写下来,并且乐此不疲。

在大学里,她爱上了一个男孩,他的举止和言谈真的和童话里一样,他是她想象中的"白马王子",她很爱他。他们之间有一场浪漫而充满温情的爱情。但是,他却受不了她脑海中那些荒唐、不切实际的想法。她有许多意想不到的怪主意,例如去听树叶的歌唱,去看蝴蝶的晚会等。她会在约会的时候,突然给他讲述一个刚刚想到的童话,他烦透了这样的远离人间烟火的故事。他对她说:"你已经23岁了,但你看来永远都长不大。我没有足够的时间去等你长成大人的那一天。"他弃她而去。

失恋的打击并没有停止她的梦想和写作。她将自己的满腔热情全部投入到了想象和写作之中。25岁那年,她带着一些淡淡的忧伤和改变生活环境的想法,来到她向往的具有浪漫色彩的葡萄牙。

在那里,她很快找到了一份英语教师的工作,业余时间继续写她的童话。

一位青年记者很快走进了她的生活,青年记者幽默、风趣而且才华横溢。她爱上了他,并且很快步入了婚姻的殿堂。

但她的奇思异想还是让他苦不堪言,他开始和其他姑娘来往。不久,他们的婚姻走到了尽头,他留给她一个女儿。

她经受了生命中最沉重的一击。祸不单行的是离婚不久,她又被学校解聘了,无法在葡萄牙立足的她只得回到了自己的故乡,靠领取社会救济金和亲友的资助生活。

但她还是没有停止她的写作,现在她的要求很低,只是把这些童话故事讲给女儿听。

有一次,她坐在冰冷的椅子上等晚点的地铁到来,一个人物造型突然涌上心头。回到家,她铺开稿纸,多年的生活阅历让她的灵感和创作热情一发不可收。

她的长篇童话《哈利·波特》问世了,并不看好这本书的出版商出版了这本书,没想到,这本书一上市就畅销全国,销量达到了数百万之巨,所有人都为此感到吃惊。

她叫J·K.罗琳,被评为"英国在职妇女收入榜"之首,现在是个有着亿万身价的富婆,被美国著名的《福布斯》杂志列入"100名全球最有权力名人",名列第25位。

好习惯训练营

现实的世界里常常会有各种不如意,只有梦想能在心灵的天空中展翅翱翔,忘掉一切烦恼,并且创造出一个充满奇思妙想的魔幻世界,J·K.罗琳的成功绝不是偶然,她那丰富的想象力,多年养成的随时积累的好习惯让她获得了成功,而她的成功经验也给了我们不少启示。

◀ 孟娟

澡盆里的沉思者 ◎佚 名

阿基米得从来不认为什么是不可能的。他从解决难题中得到极大的乐趣。

从前有一个叫希罗的叙拉国王。他统治的国家相当小,但他想要一顶世界上最大的王冠。于是他叫来一个有名的金匠,当然,这个金匠是一个技艺非常出色的金匠,并交给该金匠十磅纯金。

"用它铸出一顶让世界上所有国王都羡慕的王冠,"国王说:"把我给你的每一粒金子都用上,不许混进任何别的金属。"

"你会得到你想要的王冠,"金匠说,"我收了你10磅金子,90天后我将给你一顶同样分量的王冠。"

90天后,金匠送来了王冠。这是一件出色的作品,每个人都说世界上再也找不出可与它相匹敌的王冠了。当希罗王把它戴在头上时,它并不那么令人惬意,可国王并不在乎戴着它是否舒服——他相信世界上再也没有其他国王会拥有如此漂亮的王冠了。他端着王冠左顾右盼,然后把它放到他的秤盘上。它和国王要求的分量毫厘不差。

"你应该受到最高的奖赏,"国王对金匠说:"你的工作非常出色,而且没有丢失一粒金子。"

在国王的朝廷中有一个非常聪明的人叫阿基米得,当他被叫来欣赏国王的王冠时,他将王冠翻来覆去地端详了很长时间。

"怎么，你觉得它怎样？"国王问道。

"手艺确实很出色，"阿基米得说，"不过这金子……"

"金子一点不差，"国王叫道，"我已经用自己的秤称过了。"

"分量也许一样，"阿基米得说，"但金子的成色不大对头。它不像是赤金，而且呈亮黄色，你能清楚地看出这一点吧。"

"绝大多数金子都是黄色的，"国王说，"不过你这么一说，我倒想起来给金匠的金块的确比它颜色要深。"

"金匠会不会偷下一磅金子，然后用黄铜和银子补足分量呢？"阿基米得问道。

"哦，他不会的，"国王说，"金子不过是在铸造过程中改变了颜色罢了。"

但国王越是琢磨这事，对王冠的满意程度就越低。最后，他对阿基米得说，"你有没有什么办法证明金匠确实欺骗了我，或者他是诚实的？"

"我想不出有什么办法。"阿基米得回答道。但是阿基米得从来不认为什么是不可能的。他从解决难题中得到极大的乐趣。当有什么问题难住了他，他总是拼命钻研，直到找出答案为止。因此，一天又一天，他反复思考着关于这个金子的难题，试图找到一个既不损坏王冠又能检验金子成色的办法。

一天早上，当他准备洗澡的时候，他仍然思考着这个问题。澡盆放满了水，当他跨进去的时候，水就从澡盆里溢了出来。同样的事情发生过上百次，但是阿基米得第一次开始思考这个问题。"当我跨进澡盆时，有多少水溢了出来？"他问自己，"谁都知道溢出来的水的体积等于自己身体的体积。一个体积是我的一半的人跨进澡盆时，溢出的水也将是我的一半。"

"现在假如我把国王的王冠放入澡盆，那么它所排出的水正好是王冠的体积。啊,让我想想!金子比银子沉得多。10磅纯金的体积比7磅金子加3磅银子的体积要小。如果国王的王冠是纯金的,它排出的水将和任何10磅纯金的水一样多。但是假如金匠在金子中掺进了银子,它排出的水就会比纯金王冠排出的水多。我终于想出办法了!我知道了!我知道了!"

阿基米得不顾一切地冲出浴室,身上一丝不挂,向王宫跑去,嘴里大喊大叫:"尤里卡!尤里卡!尤里卡!"这是希腊语,意思是"我发现了!我发现了!我发现了!"

王冠接受了检验,它排出的水远远多于10磅纯金排出的水。

阿基米得在澡盆里的发现对世界来说比希罗的王冠更有价值。

好习惯训练营

思考是打开未知大门的金钥匙,是步入成功殿堂的阶梯。只有对我们生活的这个世界不断提出疑问,并思考其奥妙之所在,人类才能不断进步。思考无处不在。一些看似平常的小事中往往蕴含着深奥的科学知识,只有用心发现,用心思考,我们才能走上通往成功的道路。

◦ 孟娟

爱思考的牛顿　▷佚　名

只是想知道有多么大的力气能把东西吹跑了,能把我吹起来。

小时候的牛顿,特别喜欢观察事物,而且非常喜欢研究事物的本质。

他觉得风很奇妙,有时向东刮,有时向西刮,人在顺风时走路很容易,但是在逆风时就很吃力。他总想亲自证实点什么。机会终于来了。

1658年9月3日,罕见的暴风雨侵袭了英国,河水泛滥,树木也被连根拔掉。村子里能干活的人,不管男女,全都顶着狂风、冒着大雨跑到地里去,有的立木桩,有的垒挡风墙,大家都在拼命地干着。

天空一片漆黑,狂风还在不停地刮着,牛顿家的房子忽悠忽悠地,就像要倒了似的。牛顿此时才是一个十几岁的小孩子,他同自己的母亲和弟弟、妹妹住在一起。

"哥哥在哪儿呢?"

最小的妹妹听见风声,胆怯地问妈妈。

"老头儿,你在地里没看见牛顿吗?"

妈妈向刚从地里转了一圈的丈夫问道。

"地里没有哇!太太。"

"这就怪啦!他刚才明明出去了。对不起,你再去一趟找找看。"丈夫穿上雨鞋,打着雨伞,又冒着暴风雨出去了。最小的妹妹和弟弟,被狂风吓得紧紧倚在妈妈的膝盖前,担心地看着妈妈的脸。

"会不会让大风给刮跑啦?"

"是啊,怎么回事呀!不过,哥哥是个有主意的人,准没事儿。"

恰恰是在这个时候,牛顿正像妹妹担心的那样,真的被大风给刮跑了。不过,他是自己心甘情愿地让大风给刮跑了的。

牛顿的爸爸东找找,西找找,转着圈儿地找,好不容易才在后院里找到了牛顿。这时,牛顿的头发被大风吹得乱蓬蓬的,浑身被雨淋得都湿透了。他像个疯子似的顶着大风,跑来跑去。开始他迎着风拼命地跳,然后又侧身向着风跳着,并且还把斗篷抛起来以测试风力与接触面积的关系。

爸爸问他："你在干什么呀？孩子？"

结果牛顿的回答令人大吃一惊："我只是想知道,这么强的风,究竟有多么大的力气能把东西吹跑了,能把我吹起来。"

好习惯训练营

我们从小就听过这个故事：牛顿看见苹果被风吹落在地上,从而发现了万有引力定律。生活中极为普通常见的事情,一般人都会视为理所当然,也不去思考其中的奥秘。牛顿之所以能成为著名的物理学家,和他从小爱观察、爱思考的习惯是分不开的。只有做生活的有心人,我们才能取得更好的成绩。

○ 孟娟

轮椅上的想象者　❯佚　名

> 这一夜的梦中,他一直漫游在太空,仿佛寻找着他想要知道的答案。

霍金是当代杰出的科学家,他对宇宙进行了深入的探讨,使我们大家都了解到了广博的宇宙空间的许多秘密。

小时候,霍金的爸爸有一架望远镜,每当夜空晴朗的时候,他们一家人就躺在房前的草地上,用望远镜观察夜空,辨认星座。

看见那无数颗闪烁不定的星星,小霍金的头脑里有了很多的疑问。

"为什么这些星星不掉下来呢？"他问爸爸。

"因为我们的地球和太阳都只是这些星星中的一颗。这些星星

在宇宙中互相围绕旋转,这样就构成了奇妙的宇宙。"

"那么,宇宙是怎么产生的呢?"

"也许,现在还没有人知道,"爸爸沉思着,"这个问题已经超出了人类的能力。"

"不,一定会有答案的。"小霍金固执地想。

霍金望着满天的星星,幻想自己飞上了太空,在各式各样的星星中间飞呀飞……

夜已经深了,妈妈和妹妹早已回房休息了,小霍金仍然坐在那里望着天上的星星出神,他那小小的脑袋里充满了各种各样的想象。直到爸爸轻轻地叫他回去休息,他才恋恋不舍地回到房里。这一夜的梦中,他一直漫游在太空,仿佛寻找着他想要知道的答案。

从那天起,小霍金迷上了天空,每到夜晚降临,他就拿着爸爸的望远镜看看这颗星又观察那颗星,独自一个人的时候就思考着那些想不明白的问题。

爸爸见他很喜欢观察夜空,就找来很多关于宇宙的书,上面画满了各种星体、星座和人物的图画。小霍金一边识字一边认真地一本本地翻看起来,他对天文知识越来越感兴趣,立志要探索宇宙的奥秘。

霍金就是这样一个孩子,好奇又好学,感兴趣的问题就一定要弄明白,所以他后来成为一位著名的科学家。

好习惯训练营

　　因为好奇,才会产生疑问,因为疑问,才会想要去探寻答案。霍金就是这样逐渐走上科学研究的道路的。我们要保持对周围世界的好奇心,并且想方设法去探寻这个世界的奥秘。这样,我们才能不断进步。

陈年年

爱幻想的发明家 ▶佚 名

爱迪生最大的与众不同,就是在小时候有着非同凡响的想象力。

爱迪生出生的地方,是美国中西部俄亥俄州的米兰小市镇。爱迪生在米兰的逸事传说很多,有人说他是一个与众不同的孩子。首先,小家伙出世以后几乎从来不哭,总是笑。灰色的眼睛,亮晶晶的,看起来很聪明,不过头显得特别大,身体很孱弱,看上去弱不禁风。他常对一些物体感兴趣,然后试图用手去抓。他的嘴和眼睛活动起来,就像成年人考虑问题时一样。他从来不停止他已决定做的事情。

爱迪生最大的与众不同,就是在小时候有着非同凡响的想象力,喜欢问东问西,并且有一种将别人告诉他的事情付诸实验的本能,以及两倍于他人的精力和创造精神。他学说话好像就是为了问问题似的。他提出的一些问题虽然不重要,但不容易回答。由于他问的问题太多,他家的大多数成员甚至都不想回答。一次他问父亲:"为什么刮风?"父亲回答:"爱迪生,我不知道。"爱迪生又问:"你为什么不知道?"他不但好奇爱问,而且什么事都想亲自试一试。

由于爱迪生对许多事情感兴趣,他经常碰到危险。一次,他到储藏麦子的房子里,不小心一头栽到麦囤里,麦子埋住了脑袋,动也

不能动了,他差一点死去,幸亏有人及时发现,抓住爱迪生的脚把他拉了出来。还有一次,他掉进水里,结果像落汤鸡一样被人拉了上来,他自己也受惊不小。他4岁那年,想看看篱笆上的野蜂窝里有什么奥秘,就用一根树枝去捅,结果脸被野蜂蜇得红肿,眼睛几乎都睁不开了。

爱迪生经常到叔叔家去玩。一天,他到叔叔家里,看见叔叔正在用一个气球做一种飞行装置实验,这个实验使爱迪生入了迷。他想,要是人的肚子里充满了气,一定也会升上天,那该多好啊!几天以后,他把几种化学制品放在一起,叫他父亲的一个佣工迈克尔奥茨吃化学制品飞行,佣工吃了爱迪生配制的化学制品几乎昏厥过去。由于做这些事情,爱迪生遭到父亲的鞭打。爱迪生的父亲认为,只有鞭打他,他才不会再惹麻烦。

虽然爱迪生受了鞭打,但这并不能阻止他对一些事情的发生感兴趣。他6岁就下地劳动,爱观察、爱想问题、爱追根求源是他向新奇的大千世界求知的钥匙。村子中间的十字路口长着大榆树、红枫树,他就去观察那些树是怎么生长的;沿街店铺有好多漂亮的招牌,他也要去把它们认真地抄写下来,甚至画下来。强烈的求知欲和想象力是使爱迪生成为伟大发明家的原因之一。

好习惯训练营

爱迪生是世界著名的发明家,但这并不意味着他生来就有什么特殊的天赋,他和所有孩子一样,在小时候也喜欢问东问西。不同的是,他不光能提出问题,还能自己动脑动手寻找答案。通过思考,通过实验,他明白了很多知识,并且取得了非常伟大的成就。

陈年年

我的理想在天空上  ❯佚 名

我的理想在高高的天空上,我会让我的想象变成现实!

一个雨后初晴的晚上，见证了历史沧桑的星星在天上悠闲地聊天，空气里满是树木和花的清香。年轻的哥白尼扶着他身体虚弱的老师外出散步。走着走着，哥白尼抬头望了望天空，长长地叹了一口气说:"唉，老师，您说人们对于天上的秘密为什么至今还摸不着底呢?"

"瞧你，孩子，一开口就谈起天空……"教授一本正经地说，"我们是出来散步的,不许你拿学问上的事情来问我,免得我不得安宁。"

"是的,老师。"哥白尼恭恭敬敬地说,"请您小心,前面有烂泥。"

"唉,"教授叹气说,"这鬼地方真没有办法,一下雨就成了泥塘,走路也好像漂洋过海一样。"

"您是说漂洋过海吗,老师?"哥白尼兴致勃勃地说,"我有位朋友来信说,意大利航海家哥伦布 正在漂洋过海,一心要探寻出地球到底是什么形状的。我倒是希望有朝一日能造出一艘飞船,乘着它穿过云海,飞越星空,去探寻宇宙的奥秘。"

"那又怎么样呢,哥白尼?"教授打断了哥白尼的话。

"那我就要做这艘飞船的第一个船长!"哥白尼喜滋滋地说。

"到时候可别忘了把我这老头儿也带上啊！"教授爽朗地笑了。

这时候，哥白尼停下脚步，又抬头仰望茫茫无际的夜空，心情激动，滔滔不绝地说："老师，您可知道，天上那些闪着银光的星星，像一些迷眼的沙尘一样，老是使我又向往又苦恼。我真恨不能飞上九重天，去好好看个明白。不过，我的飞翔不是靠翅膀，我的航行不是靠风帆。我有两件您教给我的法宝：一件是数学，一件是观测。"

"好啊，有理想的年轻人！"教授慈爱地抚摸着哥白尼蓬松的头发夸奖说。

"是的，我的理想在高高的天空上，我会让我的想象变成现实！"哥白尼满怀信心地说。

后来他经过观察和研究，创立了更为科学的宇宙结构体系——日心说，从此动摇了在西方统治达一千多年的地心说。

好习惯训练营

科学史上任何一项成就的取得，绝不是轻而易举的事情。年轻的哥白尼不仅有高远的志向，坚定的信心，而且永远对未知的世界充满向往，用自己的不懈努力去解答自己的疑惑，从而创立了日心说。无论何时，我们对于这个世界的全部认识都来自于我们的思考能力——这是推动科学进步的巨大力量。

陈年年

举足轻重的懒蚂蚁

◉ 蒋光宇

行成于思毁于随。如果说理论是行动的"眼睛"，那么思考可以说是勤奋的"眼睛"。

科学家观察时发现，在成群的蚂蚁中，大部分蚂蚁都争先恐后地寻找食物、搬运食物，可以说是相当勤劳。但有少数蚂蚁则整日东看看，西望望，似乎无所事事，什么活也不干。它们，被科学家称之为懒蚂蚁。

为了深入研究这些懒蚂蚁在蚁群中如何生存，科学家做了下面的实验。

他们在这些懒蚂蚁身上都做上了标记，然后断绝蚁群的食物来源，并将蚂蚁窝破坏掉。在随后的观察中发现，在这种情况下，那些勤快的蚂蚁都不知所措，一筹莫展，而懒蚂蚁则挺身而出，带领伙伴们向自己侦察到的新食物方向转移，并顺利地建起新的蚁窝。

接着，实验者把这些懒蚂蚁从蚁群里抓走。结果他们发现，剩下的蚂蚁都停止了工作，乱作一团。直到他们把那些懒蚂蚁放回去之后，整个蚁群才恢复到井然有序的工作和生活状态。

看来，绝大部分忙忙碌碌、任劳任怨的勤快蚂蚁，根本离不开为数不多的懒蚂蚁。懒蚂蚁善于运用头脑分析事物，把大部分时间都花在了"侦察"和"研究"上，能在环境变化时发挥行动引导作用，具有使蚁群在困难时刻存活下来的本领。显而易见，懒蚂蚁在蚁群中有着举足轻重、不可替代的地位和作用。

科学家认为,在蚁群中,勤有勤的原则,懒有懒的道理,勤与懒是相辅相成、缺一不可的。但是相比之下,蚁群中的懒蚂蚁要比只低头干活、不抬头看路的勤快蚂蚁重要得多。因为,懒蚂蚁能看到蚁群面临的问题和解决问题的办法,是蚁群赖以生存的组织者和指挥者。

行成于思毁于随。如果说理论是行动的"眼睛",那么思考可以说是勤奋的"眼睛"。懒于杂务,才能勤于思考。在经济全球化,竞争越来越激烈的今天,更需要思考、思考、再思考。

　　思考者的生存智慧,就在于用睿智和经验指导盲从者,以知识和头脑取胜。比如有的人能够指明将来的发展方向和实现途径。他们更胜于勤劳却不懂得思考、不善于思考的人,成为社会的精英。

齐婉秋

多思有如神助　　◎施伟德

> 　　只有敢于和善于思考的人,才能在平凡中发现非凡,才是出类拔萃的人。

　　1984年2月9日,苏联领导人尤里·安德罗波夫逝世。这在当时可是个举世震惊的事情,但更令各国特别是苏联震惊的是:首先将这条重要消息公布于天下的不是苏联的新闻机构,而是美国《华盛

顿邮报》驻莫斯科的首席记者杜德尔！

　　这真是滑天下之大稽！这真是让苏联大丢面子！于是,苏联和许多大国的情报组织纷纷猜测:如此重要的情报,很可能是杜德尔花重金收买了苏方高级官员而搞到的。

　　苏联和任何其他国家一样,都绝不会容忍在自己的核心机关内部藏匿着一颗定时炸弹。于是,苏联决心不惜任何代价,都要将此事查个水落石出。

　　然而,杜德尔却毫不慌乱,似乎胸有成竹。

　　调查结果很快出来了。原来这条重要消息只是他正确分析的结果。其主要根据如下:

　　1.安德罗波夫已有173天没在公开场合露面,近几天还不时传出他身体状况不佳的消息。

　　2.当天晚间的电视节目,将原来的瑞典"阿巴"流行音乐换成了严肃的古典音乐,但并没有说明变更的原因。

　　3.苏共新上任的高级官员耶戈尔·利加乔夫在向全国发表第一次电视讲话时,省略了苏联高级官员在电视讲话时必须转达向安德罗波夫问候的程序。这可是破天荒的事！

　　4.当他在晚间驱车经过苏联参谋部大楼和国防部大楼时,发现那里的几百扇窗户与平时不同,都亮着灯光,而且大楼附近还增加了卫兵和巡逻队。

　　5.一位知道苏联高级官员活动内情的朋友没有如期与他通电话。

　　杜德尔把这些反常迹象联系起来分析,认为这与1982年11月10日勃列日涅夫逝世时的情景有许多惊人的相似之处。因此,他得出了大胆的令人震惊的准确判断:安德罗波夫已于1984年2月9日逝世。

　　美国《华盛顿邮报》首先报道安德罗波夫逝世消息的真相大白于天下之后，杜德尔名声大振，成为舆论界一颗更加耀眼的明星。有位评论员在对此事发表的评论中说："不会思考的人是白痴，不愿思考的人是懒汉，不敢思考的人是奴才。只有敢于和善于思考的人，才能在平凡中发现非凡，才是出类拔萃的人。多思有如神助。"

　　欲胜任，必须从敢于、勤于和善于思考开始。

好习惯训练营

　　智者无敌。敢于、勤于思考的人，善于从细微处着手，不放过非常微小的任何人与细节，总能做出一些令人意想不到的判断和决策。他们其实并不比别人更聪明，只是更懂得利用思考而已。

　　　　　　　　　　　　　　　　　　　　　　　齐婉秋

指针为什么指向北方　　◎佚　名

　　这根指针的周围明明什么也没有呀！是什么力量总使它指向北方的呢？

　　这是爱因斯坦5岁时发生的事情。那一天，小爱因斯坦生病了，爸爸怕他躺在病床上太寂寞，就给他带回来一个小罗盘。

　　"这是什么？"小爱因斯坦好奇地问爸爸。他从来没有见过这种圆圆的东西。

　　"这是航海用的罗盘。"爸爸说，"你看见它中间这根小指针了没有？它永远指着正北的方向。有了它，不管天气有多坏，风浪有多大，航海的人都不会迷失方向。"

"真的吗？"小爱因斯坦惊奇地从爸爸手里接过罗盘，仔仔细细地观察起来。罗盘中间那根细细的指针立刻吸引了他全部的注意力。无论他把罗盘拿在手里怎么晃动、翻转，那指针轻轻颤动着，始终指向正北的方向。

爱因斯坦用手指头把指针轻轻地拨动到相反的方向，可是等他的手指一放开，指针立刻又指向原来的方向。

这简直是魔术！这根指针的周围明明什么也没有呀！是什么力量总使它指向北方的呢？小爱因斯坦心里猜想着：一定有什么东西藏在这个小小的罗盘里。

于是他问爸爸："这个圆盘里还藏着什么东西吗？"

爸爸用手翻转罗盘，让小爱因斯坦前前后后看清楚："你看，罗盘里除了这根指针，其他什么也没有。""那是什么东西使它永远指向同一个方向的呢？"

"那是磁力，是地球的磁力使它永远指向北方。""磁力？磁力又是什么东西呢？它究竟在哪儿呢？它能使磁针转动，可为什么我看不见它，也摸不着它呢？"

小爱因斯坦这一连串的问题，连爸爸也无法回答了。爸爸只好说："孩子，这些问题你去问你的雅葛布叔叔吧！他是个电气工程师，一定能告诉你这些问题的答案。"

小爱因斯坦果然去问了雅葛布叔叔，但他仍然没有得到令自己满意的答复。

小爱因斯坦并没有轻易放弃这个令他无法解开的"谜"。在这之后许多天里，他每天都拿着这个小小的罗盘，一次又一次地摆动，翻转，思索，摇头……就像着了魔似的。爸爸都有点后悔把这个罗盘带给小爱因斯坦了。

　　时间一天天地过去了，小爱因斯坦好像已经放下了这个关于磁力的问题。他的家人松了一口气，以为他终于从这个古怪的罗盘中摆脱了出来，从此忘了它。其实，小爱因斯坦根本就没有放弃，更没有忘记这个关于磁力的问题，甚至可以说，此后的一生中，他都在不断地思索与磁力有关的各种问题。

　　正因为爱因斯坦从小就有这种对什么问题都要问一个"为什么"的劲头，长大以后的他才会在物理学等多个领域均有重大贡献，其中最伟大的贡献是建立了狭义相对论，并在这基础上推广为广义相对论，为人类的科学事业做出了不朽的贡献。

　　伟大的起源，往往非常渺小，这种渺小使得很多人都会对它视而不见、漠不关心。生活中的很多事都暗含各种道理，不要满足于现有的知识，凡事多问几个为什么，多去寻找本源，"稀里糊涂"的你或许就会成为下一个爱因斯坦。

齐婉秋

我的理想在高高的天空上，
我会让我的想象变成现实！

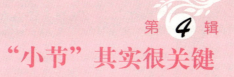

第 **4** 辑

"小节"其实很关键

深刻的本质隐藏在简单的现象之中，真实就包含在细节里。看待一件事物，一定要形成真实的、正确的认识，这样才不至于付出了努力而得不到相应的回报。只有综合了所有的细节之后，我们才能想出有效的决策，来正确处理每件事情。

"小节"其实很关键 ⊙佚 名

所谓的细节往往是关键所在,你做好了,成功也就到了。

我的一个朋友读完高中后,凭熟人介绍到一个装修队工作。经过几年时间的摸爬滚打,他就带起一个几十人的装修队伍,事业真可谓是蒸蒸日上。有一次几个朋友坐在一起聊天,有人就问起他有什么成功的秘诀,他苦笑一声说:"秘诀谈不上,不过教训倒有一个。"

于是他就娓娓说起:

我进装修队做了两年,技术上差不多了,加上许多工友都喜欢我,我便寻思着自己组成个小队伍,自己去拉业务来做,这怎么也比给人打工强多了吧。因此我便常常地注意哪里盖了房子,叫人帮忙打听有谁的房子要装修。不久,便有一个熟人来,说他的一个同事新买了房子,叫我过去商量一下。

到那儿后我就跟他讲好了价钱,因为是我接的第一笔业务,我给他很优惠的价格,并说附赠一台VCD机——那时的VCD是不错的了。他一听果然很高兴,说以后若有熟人的房子要装修,就帮忙介绍给我。然后他叫我过几天去他家,那时再定下装修的时间。

走的时候,那人递给我一张名片,我接过来放进衣袋里。

过了几天,我便依约到了他家。敲门时一个女人隔着防盗门上下打量着我,问我找谁。

　　我一听，糟了，我还不知道那个人叫什么名字！我支支吾吾地说："我不知道他叫什么名字——是他叫我来商量装修的事。"

　　这时，那人出来，看到我，微微地皱了皱眉头，笑说："是你呀，来，进来坐。"

　　进去后，我便与他谈起来，他犹豫了一会儿说，因为资金的问题，不得不取消新房的装修，叫我先去其他的地方看看，并说了许多表示歉意的话。

　　我虽然不怎么高兴，但他都那么说了，我还能说什么。

　　回去几天后，那个帮我介绍活的熟人来找我，问我知不知道为什么那人的房子不装修了。我说："我不知道，我也不明不白的。"那熟人一听生气了，说："我问你，他叫什么名字？"

　　我答不出来。

　　"他不是给你名片了吗？你呀，去找人竟然连他的名字都不知道——这样粗枝大叶谁放心将事交给你做？"

　　我一听恍然大悟。原来那天我找他时，跟他妻子说的话他都听见了，所以当时就皱了一下眉头，觉得将这么一件大事交给我这样粗心的人实在是放心不下，于是便说资金不够。

　　那时我真的是恼恨，恼自己竟然在这么一个小细节上被绊住了脚，得到这个教训。后来每当我拉到一些业务做时，不管是怎样小的事都认认真真，不放过一个细节。这也得到客户的称赞，他们见此又把一些要装修房子的朋友介绍到我这里来，因此我的生意也越来越好。

　　朋友最后认真地说："千万别小看了细节，别以为这些没什么大不了，其实这些所谓的细节往往是关键所在，你做好了，成功也就到了。"

深刻的本质隐藏在简单的现象之中，真实就包含在细节里。看待一件事物，一定要形成真实的、正确的认识，这样才不至于付出了努力而得不到相应的回报。只有综合了所有的细节之后，我们才能想出有效的决策，来正确处理每件事情。

◖ 齐婉秋

细 节 之 误 ◗流 沙

> 一把天价的钥匙告诉世人：如果不善待细节，就等于放出了魔鬼。

1912年4月10日，在英国南安普顿港口，一艘豪华游轮正整装待发，这是它的处女航，港口的岸边站满了送别的人。

布莱尔正在最后检查着游轮上的设备，一切完好。他想，这该是一趟愉快的旅行。

但布莱尔突然接到了一个通知，他的岗位将由另外一个人来替代。布莱尔十分惊讶和失望。他想知道为什么，有人告诉他，游轮进行处女航，而他的经验不够，必须要有一位经验更加丰富的人来顶替他的岗位。

游轮马上就要起航了。匆忙中，布莱尔收拾好自己的东西，失望地离开了游轮。也许布莱尔不知道，他的突然离开，竟然与1000多条生命紧紧地联系在一起。

游轮起航后，船员突然发现船上唯一的望远镜锁在了坚固的工具箱里,而钥匙被布莱尔带下了船。

船员们心存侥幸,他们认为没有望远镜不会对航行产生影响。船员们用肉眼努力眺望着前方是否有障碍物,游轮就这样搭乘了1000多人在大海中危险地航行着。

黑夜来临时,游轮前方视线极差,一个灭顶之灾正向这艘游轮袭来。当船员发现前方出现一个庞然大物时,巨大的游轮想转向已经来不及了。船员们惊呼着"冰山、冰山",游轮一头撞向了冰山。

游轮发生倾斜,并开始进水,慢慢开始下沉。1522人丧生,这就是世人熟知的"泰坦尼克号"海难。

去年秋天,在英国伦敦的一场拍卖会上,这把夺命钥匙成为拍卖的热点。一位代表南京珠宝商的英国人在经过20多轮角逐后,以120万元人民币的价格拍得了这把钥匙。它告诉世人,如果不善待细节,就等于放出了魔鬼。

好习惯训练营

泰山的高大来源于一粒粒细土,大海的深邃来源于一滴滴清水,最坚固的防线可能会毁于最细微的一个蚂蚁洞。这就是细节的力量。细节决定成败,细节决定命运。生活的一切原本都是由细节构成的,所以,关注生活中最微不足道的细节吧。

齐婉秋

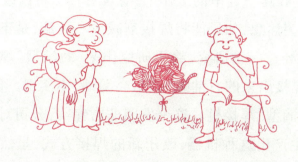

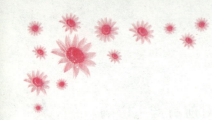

一滴油的智慧  ◎丛 笙

成功在于细节,这是眼下最流行的词语,说起来容易,做起来其实也不难。

40年前,有一名青年,在美国某石油公司工作。他的学历不高,也没有技术。他在公司的工作连小孩也能胜任,就是巡视并确认石油罐盖有没有自动焊接好。

石油罐在输送带上移动至旋转台后,焊接剂便自动滴落下来,沿着盖子同转一圈,作业就算结束。他每天如此,反复好几百次地注视着这种作业。

没几天,他便开始对这项工作厌烦了,他很想改行,但一时又没有更好的工作,更何况工作并不好找。他想,要使这项工作有所突破,就必须自己找些事做。因此,他更加专注于这项工作,并在工作时更加仔细地观察。

他发现罐子旋转一次,焊接剂滴落39滴,焊接工作就结束了。他努力思考:在这一连串的工作中,有没有什么可以改善的地方?

一次,他突然想,如果能将焊接剂减少一两滴,是不是能节省成本?于是,他经过一番研究,终于研究出来"37滴型"焊接机。但利用这种机器焊接出来的石油罐,偶尔会漏油,不实用。他没有灰心,又研制出"38滴型"焊接机。这个发明非常完美,公司对它的评价很高。不久便生产出这种机器,改用新的焊接方式,虽然节省的只是一滴焊接剂,但这"一滴"却替公司创造了每年5亿美元的新利润。

这个青年就是后来掌握全美制油业95％实权的石油大王——约翰·D.洛克菲勒,"改良焊接机"改变了洛克菲勒的人生。他成功的关键在于:普通人往往忽略的平凡小事,他却特别留意。不管是谁,要想突破现状总要考虑的是:"我想做什么事?"或是"我想成为什么样的人?"有了这种强烈的目的意识,你才会集中精力,并调动过去积累的知识和经验,在有意或无意中使你关注的事情有所突破。成功在于细节,这是眼下最流行的词语,说起来容易,做起来其实也不难。成功是一种习惯,更是一种素养。我们每天所做的工作并非要求你干一件惊天动地的大事才能获得成功,从小事做起,注重工作中的每一个细节,而且要坚定不移,乐此不疲,直到把做好小事当成你良好的习惯,才能使你成功。

 **好习惯训练营**

专注于平凡的工作,想方设法去改进现有的工作方式,你可能在平凡的工作中获得意想不到的收获——这是石油大王洛克菲勒的故事给我们的启示。有时候,决定一件事成败的关键不在于主要过程,而在一些被我们忽略的小细节上。善于思考和学习,关注别人不曾留意的地方,解决那些看似微不足道的小问题,也许我们做的事情就能更加完美。

◆孟娟

不该忽略的细节  浅 草

看它那昂首挺胸的样子,我想告诉它：大声唱吧,这里永远是你的家!

到美国留学后,公寓的左邻右舍都变成了陌生的美国人。平时我从来不主动和他们说话,没课的时候,便将自己封闭在屋里。即使出门倒垃圾时,偶然与邻居碰面,我也会抛给对方一张很生硬的脸。

一天清晨,我从睡梦中被一声声公鸡的啼叫声吵醒了。我揉着睡眼,怒气冲冲地从窗口向外望去。原来是邻居詹姆斯太太后院养的一只大公鸡在打鸣。

连续3天,我都是从睡梦中被鸡叫吵醒。实在忍无可忍了,第四天早晨,那只公鸡再次打鸣时,我立即抄起电话报了警。

半个小时后,我听见詹姆斯太太家后院里传来一阵嘈杂声。我寻声望去,只见两名美国警察和两名胸前佩戴"动物管理局"标志的男子站在院子里。而此时的詹姆斯太太,一手抓住公鸡的翅膀和头,另一只手拿着一把刀割公鸡的脖子。我清晰地听到公鸡发出"咕咕"的痛苦的低鸣声,而詹姆斯太太的眼眶中也滚动着泪花。

虽然此事我处理得有些莽撞,但美国警察的处事方式,却让我对这里产生了极大的安全感和信任感。但事隔不久,一位名叫怀特的邻居再次干扰了我的生活。

为了迎接考试我特意待在家里温习功课。可是,怀特家一连

数小时都在播放节奏强烈的摇滚乐。终于,我被激怒了,再次报了警。十几分钟后,震耳欲聋的音乐戛然而止,一切又都恢复了平静。

终于,我从邻居们厌烦和冰冷的表情中读出,他们已猜出报警人就是我。男友路德听说了此事,指责我太自私,一场争吵后,我们彻底决裂了。我开始冷静思考,自从搬到这儿,我给周围的邻居们带来了什么?于是,我通过社区的保安人员,去了解邻居们的情况。然而,结果却令我瞠目。

生活中,詹姆斯太太是一个非常不幸的人。5年前的一场车祸,夺去了她的丈夫和两个女儿的生命,她也是被医生从死亡线上拉回来的。从此,一个人孤单地度日。那只养了4年的公鸡是她生活中唯一的精神寄托。

怀特家有一个15岁的儿子,自幼患病,终年瘫痪在床上,他唯一的生活乐趣就是听摇滚乐,然后,他自己坚持试着谱曲。虽然没人欣赏他的作品,但是他依然执著地忙碌着。了解了邻居们真实生活后,我悄然明白,这些生活中都曾经历过不幸的人,为顾及他人的利益,可以不惜牺牲自己的精神寄托。而我却毁掉了他们的精神支柱。

转眼圣诞节来到了,我精心为所有的邻居准备了一份礼物:一瓶红酒和我亲手做的巧克力蛋糕,以表达我的歉意。看到我的出现,他们每个人的脸上都泛着激动的光芒,特别是詹姆斯太太的眼神,如同看到了一个离家归来的孩子,她连连微笑着说:"Thanks!"

第二天早晨,当我打开房门时,我被眼前的一幕惊呆了。门前的台阶上摆满了邻居们送来的五颜六色的盆栽花,花枝上写满问候和祝福的丝带随风飘动着。

几天后的一天,天还未亮,我就被一声声嘹亮的公鸡啼叫声唤醒了。走到窗前,透过朦胧的街灯,我看到一只健壮的公鸡正在詹姆斯太太的后院里踱步。看它那昂首挺胸的样子,我想告诉它:大声唱吧,这里永远是你的家!

维护了自己的权益,却毁掉了他人的精神寄托,"我"因此成为左邻右舍厌恶的人。在了解了邻居们不幸生活的真实情况以后,"我"真心诚意地表达了歉意,也得到了邻居们的原谅。很多事情可能并不是表面上看起来的那么简单,只有在了解了所有的细节之后,我们才能决定应该做些什么。

藏在角落里的钥匙 ❯苗向东

只有你,很好地完成了任务,因为你知道,钥匙就藏在角落里,而这些角落往往是被人们忽视的。

在等待公司面试通知的那几天里,我突然接到了一个通知,说总经理想亲自见见我。我自然是不敢懈怠,准时到达了公司的大厅里。在等待了近15分钟之后,总台接到了总经理的电话,说让我到他办公室去。我临上楼之前没有忘记冲着警卫礼貌地笑笑,感谢他为我指明总经理的办公室;在上楼梯时,我看到一位清洁工正在擦楼梯的扶手,而那扶手一尘不染,干净得发亮,我也主动夸赞了一句:"您擦得真干净!"她听到我的话,抬起头高兴地对我笑了笑。我想,这些都是基本的礼貌,无论对什么职位上的人都一样。

到了办公室,总经理跟我说今天让我来,就是想让我陪他去完成一次业务洽谈,也算是对我能力的考验。我虽然有些紧张,但还是很快进入了应战状态。

在车上,总经理向我了解了大学里所学的专业,在学校参加社会工作的情况,虽然不是正式的面试,但我也是认真地作出了回答。就在我们聊得兴起时,总经理突然跟我说:"糟了,我忘了一件事,产品项目说明书忘记带了……你能否回去帮我取一下?"我猜想这也是考验的项目之一,于是坚定地回答说:"当然可以!"他说:"说明书在办公室的桌子上。"但当我向他要房门的钥匙时,他摸了一下口袋,说:"出来得太急,忘在桌子上了。"

这下就难办了,但我大话已经出口,也只好硬着头皮回去拿。

这家公司的保安相当严密,如果没有钥匙或预约是根本没法儿进去的。但是,因为早上我跟保安有了简短的交流,并且给他留下了很好的印象,所以当我说明情况之后,他就特许我上楼去了。

总经理的办公室是锁着的,我问遍了旁边的所有办公人员,大家都说没有钥匙。我也只能急得在走廊里团团转。我猜想,如果拿不到说明书,很可能就会错过这份工作了。

此时我的头脑里顿时涌现出了几个方案:第一是破门而入,拿到说明书,显然这是不明智的,就算拿到了,我也得进警察局;第二就是找保安,把门撬开,但我敢肯定没有哪个保安会这么做;第三就是最糟糕的,打电话给总经理说我拿不到说明书……但这些都不是解决问题的办法。正在我满头大汗的时候,早上的那位清洁工正好经过,看到我愁眉苦脸就问我怎么了。我说明了情况之后,她笑嘻嘻地说她有钥匙,是平时用来打扫卫生时开门的。她愿意帮我的忙,但是因为我要拿东西,她就请保安来作了个证。当我拿到那张薄薄的说明书时,我的心里充满了感激,还有对自己早上礼貌行为的庆幸。

当我紧赶慢赶来到谈判会场时,总经理显然有点吃惊,随即满意地笑了笑："不错呀,只用了半小时。"在听完我的讲述之后,总经理热情地拍了拍我的肩膀："这就是面试的最后一题,只有能拿到说明书的人,才有资格被录用。在你之前有两个人做过这道题,其中我很看好的那个研究生没有拿到,因为他回去时没有进得大门,保安说他太傲慢,瞧不起人。另一个女孩好说歹说,得到保安的允许进去了,可是在找不到钥匙的时候,她想要撞门进去,被保安拉了回去。只有你,很好地完成了任务,因为你知道,钥匙就藏在角落里,而这些角落往往是被人们忽视的。"

总经理的这句话我至今记忆犹新,在后来的工作中我始终关注那些容易被忽视的人和事,从小处着手,这样成功就更容易到来。

好习惯训练营

尊重细节能扭转人生,做好细节能实现梦想。观察开始于细节,知识来源于细节,人生表现于细节……细节只属于细心的人。因为,细节的花常常在生活花园中不为人注意的地方开放,细节的影子往往隐现于举手投足之间。这需要我们用聪慧的双眼去观察,用睿智的心灵去体味。

◗ 倪玮琳

聪明人的眼光　◗佚　名

华丽的墙壁上钻了一个小洞,旁边写着:"不许向里看!"

美国第16任总统林肯,是一位眼光敏锐、接受新事物能力很强的智者。

有一天,林肯独自一人来到华盛顿的大街上,那时还没有电视等先进媒体的传播,他只要稍加改装,就不会被人认出来。忽然,他发现在一家名为《智慧》的杂志社门前围了一大群人,于是他也好奇地凑了上去。结果发现,华丽的墙壁上竟被钻了一个小洞,洞旁写着几个醒目的大字:"不许向里看!"然而好奇心还是驱使人们争先恐后地向里观望,林肯也顺着小洞向里看,原来里面是用五彩缤纷的霓虹灯组成的一本《智慧》杂志的广告画面。

林肯总统觉得这家杂志社很有创意,回来就吩咐秘书为自己订了一份。果然,《智慧》杂志不论内容编排、版式装帧、封面设计,还是印刷质量,都堪称一流,颇受林肯的喜爱和青睐……这天,林肯处理完一天的公务,顺手拿起一本新到的《智慧》杂志翻阅起来,翻着翻着突然发现这本杂志的中间几页没有裁开。林肯很是扫兴,顺手将杂志放到一边。晚上,林肯躺在床上突然想起了这本杂志:这既然是一份大家喜爱、风行全国的杂志,在管理方面应该是十分严格的,按常理绝不会出现这种连页的现象。他由此联想到杂志社在墙壁小洞上做广告的事,难道这里面又有什么新花样? 他翻身下床,找到这本杂志,小心翼翼地用小刀裁开了它的连页,发现连页中的一节内容竟被纸糊住了。林肯想,被糊住的地方大概是印错了,但印错的内容又是什么呢? 好奇心驱使林肯又用小刀一点点地撬起了糊纸,下面竟写着这样几行字:"恭贺您,您用您的好奇心和接受新事物的能力获得了本刊1万美元的奖金,请将杂志退还本刊,我们负责调换并给您寄去奖金。——《智慧》杂志编辑部。"

林肯对编辑部这种启发读者智慧和好奇心的做法极其欣赏,便提笔写了一封信。不久,林肯总统便接到新调换的杂志和编辑部的一封回信:"总统先生,在我们这次故意印错的300本杂志中,只有8个人从中获得了奖金,绝大多数人都采取了将杂志寄回杂志社调换的做法,看来您的确是位真正的智者。根据您来信的建议,我们决定将杂志改名。"这本杂志,就是至今仍风靡世界的《读者文摘》。

好习惯训练营

伟人之所以伟大,就在于他们有比普通人更独到的眼光。这种眼光并不是天生就有的,很多时候是因为他们比我们观察生活的态度更仔细、更认真、更善于发现问题,所以才会有不凡的成就。更用心地留意我们生活的这个世界,做一个生活的有心人,你会发现,世界会变得更精彩。

物归原处的好习惯 ◎佚 名

你从来没有真正丢过东西,你总知道在哪里找到它们。

玛丽:"能把你的顶针借我用吗?莎拉。我自己的找不到了。"

莎拉:"怎么了,玛丽,你真的无法再找到它了吗?"

玛丽:"怎么说呢?如果你不能把你的借给我,我会从别处借一个的。"

莎拉:"我会借给你的,玛丽。但我很想知道你为什么经常找我借东西。"

玛丽:"因为你从来没有真正丢过一样东西,并且总知道从哪里去取它们。"

莎拉:"那我为什么总知道我的东西在哪儿呢?"

玛丽："我不知道为什么,真的。假如我知道的话,我会找到我自己的东西的。"

莎拉："让我告诉你这个秘密吧。我有放每件物品的地方,我会把每件东西都放在它应放的位置,这样在我使用它时就会找到了。"

玛丽："哎,莎拉!有谁会在用完一件物品后还费事地把它放回原位呢,好像我们的生活全靠它了!"

莎拉："我们的生活并非全靠它,但它可以给我们的生活带来许多便利。说真的,与你想用一件物品时不得不到处去找或到处去借相比,把每件东西放在它应放的位置恐怕花费不了多少时间吧?"

玛丽："好的,莎拉,我不会再向你借东西了,你就相信我。"

莎拉："我希望你不会为此而生气。"

玛丽："不会的,其实我感到很惭愧。傍晚之前,我会找一个放东西的地方,并且把每件东西都放在它应放的位置。你给我上了生动的一课,我将永远牢记。"

好习惯训练营

这个故事也给我们每个人上了生动的一课,那就是用完了一件物品要随手把它放回原来的位置,也要注意把生活中经常使用的物品各归各位。养成这样注意细节的好习惯,我们的生活才会有秩序,变得井井有条。

陈年年

成功只差0.5毫米　◎李雪峰

> 莱斯惊呆了,然后泪流满面地说:"我距成功只差0.5毫米啊!"

　　莱斯是一位著名的物理学家和发明家,曾研制和发明过不少的东西。在电话机还没有诞生之前,莱斯就设想发明一项传声装置,这种装置可以使身处异地的两人自由地交谈,可以更方便人们信息传递。

　　根据自己的设想和传声学原理,莱斯经过孜孜不倦的研究,用了两年多的时间,终于研制出一种传声装置,但令莱斯沮丧的是他研制的这项传声装置,只能用电流传送音乐,但却不能用来传递话音,不能使身处两地的人们自由地交谈。在经过无数次的改进和试验后,莱斯的这项研制毫无进展,依旧无法传递话音,莱斯于是心灰意冷地宣告自己的研究失败了,并得出试验结论说:"传声学根本无法解决两地之间话语传递的问题。"

　　和莱斯有着同样梦想的还有另外一位发明家,他是美国人,叫贝尔。听到莱斯研制失败的消息后,贝尔并没有灰心和绝望,他详细推敲了莱斯的传声装置,在莱斯研究的基础上不断开始新的大胆尝试,他把莱斯用的间断直流电,改为使用连续直流电,解决了传声装置传送时间短促、讲话声音多变等难题。但这些都是些微不足道的小问题,莱斯也曾这样设想和试验过,都没有取得过成功,贝尔和莱斯一样,试验了很多次,同样遭到了令人沮丧的两个字:失败!

　　是不是真的如莱斯所说的那样,传声学根本无法解决两地之间的话语传递呢?贝尔也陷入了困境。一天下午,当绞尽脑汁的贝尔束手无策地坐在试验桌旁,面对着他已改进多次的传声装置发呆时,他的手无意间碰到了传声装置上的一颗螺丝钉,这是一枚毫不起眼的螺丝钉,已经有些微微生锈的钉盖,钉子也早已没有了多少金属的钢蓝色光泽,如果不是自己发呆和无聊,贝尔是无论如何也注意不到这颗螺丝钉的。在沉闷和发呆时,贝尔的手指碰到了这颗螺丝钉,并且发现它有些松动,贝尔轻轻地用手将这颗螺丝钉往里拧了半圈,但仅仅这半圈,奇迹就出现了:世界上第一部电话机诞生了!

　　得知贝尔发明了电话机,莱斯马上赶到贝尔的试验室向贝尔表示祝贺并向贝尔请教。贝尔向莱斯一一介绍了自己对莱斯那部传声装置的改进,莱斯说:"这些我都试验过。"贝尔摸着那颗螺丝说:"我将它往里拧了二分之一圈,竟发生了奇迹。"莱斯怎么也不肯相信,一颗螺丝钉多拧或少拧二分之一圈,不过只是0.5毫米左右微不足道的差距,它能决定了什么呢?莱斯半信半疑地将那颗螺丝钉拧松了二分之一圈,奇怪的是传声机果然没有了声音,他又将那颗螺丝钉向里拧了二分之一圈,那部传声装置立刻就可以传递话语了。

　　莱斯惊呆了,然后泪流满面地说:"我距成功只差0.5毫米啊!"

　　0.5毫米,一颗普通螺丝钉的二分之一圈,却让莱斯失败了。而恰恰只因为多拧了0.5毫米,贝尔成了家喻户晓的电话发明家。

　　失之毫厘,谬之千里。成功和失败并非是南极和北极之间的迢迢距离,很多时候,它们就并肩站在一起,决定成败的,往往只是你心灵的一点点倾斜。

假如莱斯再坚定一些，再仔细一些，电话的发明者就应该是莱斯而不是贝尔，可惜的是他没有。莱斯的知识渊博，经验丰富，他与成功擦肩而过的原因不是别的，就是他忽视了一颗小小的螺丝钉。在拥有了广博的知识、丰富的经验以外，如果还能保证非常认真严谨的态度，我们离成功就不远了。

孟娟

第 **5** 辑

寻找快乐的小王子

　　快乐的源头在自己的心里。总有人以为过上了富足的生活就没有烦恼，却不知道如果没有一颗快乐的心，再富足的日子也会有烦恼。相反，如果我们能用一颗简单而快乐的心去看世界，能和自己的家人相亲相爱，我们会发现，朴素的生活原来是这样的简单、美好。

愉快的棒球  ◎佚 名

不管儿子的成绩如何，他能从中找到乐趣，是的，这才是关键所在。

瑞安的父亲小时候不喜欢棒球，因为他老失败，长大后，他学会了欣赏棒球赛，甚至还成了当地棒球队的球迷，不过他并不把太大的希望放在棒球上。

当儿子瑞安八岁时，他希望学会打棒球，于是父亲为他在一个棒球训练俱乐部报了名。

儿子第一次训练的时候，父亲在看台上坐立不安。"老天爷，别让瑞安像我一样老是失败。"父亲想着。"加油！孩子！"父亲大声呐喊着。自动捡球机的手臂举了起来，然后，球扔了出来，瑞安使劲一击……没击中；捡球机的手臂又举起来了，瑞安又使劲一击……还是错过了。扔球，击球，错过；再扔，击球，再错过。一遍又一遍。唯一和父亲小时候不同的是：现在瑞安有了自动捡球机，不会像父亲小时候的捡球人那样时不时地说两句俏皮话来取笑他。

瑞安几乎一次都没有击中扔过来的球。训练结束后，父亲已作好精神准备——走到父亲身边的小家伙将会神情沮丧。可出乎父亲意料，他竟然满面春风地回来了。

"爸爸，我要一杯冰淇淋。"

"好的。"父亲边走边说，心想，他倒是自我感觉良好。也许下次

他会有进步的,毕竟还有整整一季的时间呢!

然而,瑞安还是老样子。一次又一次的训练过去了,他不断地错过击球机会。在他这个初级班里,每一轮,每个孩子都有五次机会。瑞安却一次又一次地失误,没有击中过任何一个球。父亲本想试图鼓励他,但一看见那些丢失的机会,父亲就心怀惋惜,打不起精神。有一些球看起来差之毫厘,可惜还是错过了。"打得不错。"父亲努力做出乐观的样子。"谢谢爸爸。"他仍然满面笑容。

每当瑞安击球时,父亲便开始在外面不安地走动。他每错过一个球,父亲都感觉是自己没击中。然而,每一次轮到瑞安时,他总是高高兴兴地从休息处走出来,和同学们一起继续挥棒训练。他就不怕同学笑话吗?父亲一直希望儿子亲口说出不想参加了,但小家伙从不言放弃。

一个春日,当儿子还是一无所获地完成了他那几棒,到他妈妈这里来喝水时,"有几棒打得很好喔!"他妈妈说,摸摸他的头发。

"好样的,儿子!"父亲机械地说,瑞安则照例咧嘴笑了,像个胜利者似的,在父亲看来,这笑多么不合时宜啊。他转身回到训练场去时,父亲禁不住摇了摇头。父亲真不懂,他是这个班里唯一一个一次都没击中球的孩子,他怎么还能如此高兴?

"放松点儿,"妻子说,"如果瑞安自己对成绩都不担忧,你瞎操什么心?他正玩得高兴呢!那才是关键,你知道吗?"

可是,他怎能如此高兴呢?想想自己小时候,一旦没有击中球就羞愧难当,觉得没脸见人,恨不得挖个地洞钻下去。瑞安没击中球,他心里肯定也不好受,父亲想。这时,又轮到瑞安了,父亲走到外场。

瑞安走上前去一如既往地认真、专注。哪怕他只击中一次球也好啊!父亲想着。

自动捡球机捡起了球,扔过来,没击中;再来一个,还是没有击中。

"眼睛看着球,"教练喊道,"球又过来了!"

第三次失误。父亲闭上眼睛。

第四次失误。"瑞安,加油!"同学们喊道。

第五次失误。

父亲睁开眼,无助地望着地下。父亲抬起头来时,瑞安已经和他妈妈在一起了。他喝了一口水,仍然面带微笑,就像他刚刚得了冠军似的。

过去训练的日子像电影画面一样从父亲脑海里掠过——全是儿子失误的画面。他努力去做了,还在继续努力着。

这时,瑞安望着父亲,竖起了大拇指。父亲一下子恍然大悟,棒球之于瑞安确实不同于棒球之于自己,不管儿子的成绩如何,他能从中找到乐趣,是的,这才是关键所在。

父亲向瑞安笑了笑,回了他一个竖起的大拇指。他转身回到场里,父亲终于没再走到场外,放心地坐了下来,心里赞叹着儿子健康、积极的心态。训练结束后,父亲吃着冰淇淋,拍拍儿子的肩膀,"嘿!小伙子!老爸真的为你感到骄傲!爸爸喜欢你玩棒球的态度。"

好习惯训练营

人人向往成功,渴望享受成功带来的欢乐。然而,如果成功的终点一时难以到达,那么,为什么不放松紧绷着的心,去享受通往终点的过程呢?小瑞安是快乐的,就算一个球也没有击中,他依然感受到棒球带给自己的乐趣。这种乐观、健康的心态也一定会让我们每个人终身受益。

孟娟

快乐其实很简单  ❯佚 名

> 国王刚踏进磨坊,就听到磨坊主在唱:"我不羡慕任何人,不,不羡慕,因为我要多快活就有多快活。"

从前,在一条小河边住着一个磨坊主,他是英格兰最快活的人。他从早到晚总是忙忙碌碌,同时像云雀一样快活地歌唱。他是那样的乐观,以至其他人都乐观起来。这一带的人都喜欢谈论他愉快的生活方式。终于,国王听说了他。

"我要去找这个奇怪的磨坊主谈谈。"他说,"也许他会告诉我怎样才能快乐。"

国王刚踏进磨坊,就听到磨坊主在唱:"我不羡慕任何人,不,不羡慕,因为我要多快活就有多快活。"

"我的朋友,"国王说,"我很羡慕你,只要我能像你那样无忧无虑,我愿意和你换个位置。"

磨坊主笑了,给国王鞠了一躬。

"我肯定不和您调换位置,国王陛下。"他说。

"那么,告诉我,"国王说,"什么使你在这个满是灰尘的磨坊里如此高兴、快活呢?而我,身为国王,每天都忧心忡忡、烦闷苦恼。"

磨坊主又笑了,说道:"我不知道你为什么忧郁,但是我能简单地告诉你,我为什么高兴。我自食其力,我爱我的妻子和孩子,我爱我的朋友们。他们也爱我。我不欠任何人的钱。我为什么不应当

快活呢？这里有条河，每天它使我的磨坊运转，磨坊把谷物磨成面，养育我的妻子、孩子和我。"

"不要再说了。"国王说，"我羡慕你，你这顶落满灰尘的帽子比我这顶金冠更值钱。你的磨坊给你带来的，要比我的王国给我带来的还多。如果有更多的人像你这样，这个世界该是多么美好啊！"

孟娟

好习惯训练营

　　能自食其力，能爱自己的亲人、朋友，能得到别人的爱，能享受世界所赋予的一切——这就是磨坊主快活的理由。快乐其实就是这样简单。只要我们对生活的要求少一些，就算我们生活的这个世界并不完美，我们仍然可以像故事中的磨坊主那样无忧无虑，快乐地生活。

一张贺卡的欢乐祈祷　马 德

　　但愿那张贺卡以及几样玩具，能给他的女儿带去欢乐，愿女儿的欢乐能为他带来欢欣。

　　中午下班的时候，风很大。小区门口，一个收破烂的，正动作夸张地捂着三轮车上的纸片，仿佛风顷刻间要夺走他的什么宝贝似的。

　　是一个小伙子。蓬乱的头发下，是一张瘦削的面孔。我说，走，我的小屋子里也有些东西要卖。楼道间的风，已经小了很多。小伙子从容地做着分类，我也在整理着——以防一些重要的信件或报刊当垃圾卖掉。我翻出一堆花花绿绿的贺年卡，便有一搭无一搭地重温着贺卡上那些温暖的话语。突然，贺卡里传出一阵悦耳的铃铛声。

"是什么？"小伙子猛地转过头，现出一脸孩子般的好奇与惊讶。

是一个女孩——我刚刚打开的贺卡中，竟然"站起来"一个纸折的小女孩，而小女孩的身上，挂着两个小铃铛。

我把贺卡合上，亭亭玉立的小女孩便立刻消失在两片纸里。再打开，伴随着悦耳的铃铛声，那些紧贴在纸片上的彩色纸条，便又幻化成了小女孩的身体、胳臂、腿，亭亭玉立地站了起来。

"好玩！"小伙子不由自主地发出一声惊叹。"这个你还要吗？"他紧接着问我。"哦，你要这个？"我一愣，对他的浓厚兴趣感到惊讶。毕竟，他已经不是小孩了。

"是的，我有一个女儿，今年刚上幼儿园，我是说，她一定会喜欢。"说完后，他憨厚地笑了。

"哦，你已经有了一个女儿。"他还是个小父亲，我有点意外。

"是，"他腼腆地笑了笑，"已经4岁了，在一家私人幼儿园上学。"

谈到女儿，他的话匣子一下打开了。女儿的乖巧、伶俐，以及发生在她身上的有趣故事，他一边讲，一边比手画脚，为我学着女儿的情状。那一刻，我仿佛已经不再是一个陌生人，而是聆听他倾诉的一个亲人或者是一个朋友。他滔滔不绝地讲了半天，突然，停了下来。仿佛是意识到了自己有些失态，他不好意思地说："对不起，一说起女儿，我就收不住，打扰你了。"

我说："没事，你的女儿一定很可爱吧，为你们全家带来了不少的欢乐。"

我的话刚一出口，他的脸色突然间变得有些黯淡，待了好一会儿，他才说："大哥，不瞒你说，家里，只有我和女儿，她妈妈在孩子一周岁的时候，就跟着别人走了，至今也没有音讯。"

那天,除了那张贺卡,我把儿子的几样玩具一并送给了他。但愿那张贺卡以及几样玩具,能给他的女儿带去欢乐,愿女儿的欢乐能为他带来欢欣。

愿在尘世的艰辛中苦苦挣扎的人,心底总能有不绝的阳光以及不尽的笑声。

好习惯训练营

一个收破烂的年轻父亲,在整理别人的垃圾时,不忘为他年幼的女儿留下她喜欢的玩具。女儿是他的珍宝,她的乖巧聪明更是做父亲的骄傲。我们生活成长的环境也许各不相同,但只要心里充满了爱和快乐的情绪,每个人的头顶都将会照耀阳光。

孟娟

寻找快乐的小王子 ❯佚 名

> 突然,小王子开始笑了。他的笑容就像鲜花般灿烂,他的声音就像音乐一般甜美。

从前在遥远的国度中,住着一位小王子。他是有史以来最忧伤的小王子,他从来不唱歌、游玩,也不笑,他总是显得非常的悲伤、忧愁。他的脸紧紧皱成一团,小王子一天比一天悲伤。有一天,小王子不见了。他自己一个人离开了,去寻找那颗他所珍爱的遗失的快乐的心。

小王子找了一整天。他在城里的街道上和乡间的小路上搜

寻。他在店铺里搜寻，也向富人居住的房门中张望。但是，到处都找不到他那颗遗失的心。到了傍晚，他又累又饿。他从来没有走过这么远的路，他感到更加的不快乐。

太阳下山时，小王子来到一栋位于森林边缘的小屋子前，屋子看起来非常破旧，有一线灯光从窗户中投射出来。他以一个王子的身份，拨开门闩，走进去。

屋里有一位母亲正在哄婴儿睡觉，父亲正在大声地朗读一个故事，小女孩正在布置晚餐的餐桌，和小王子年龄相仿的小男孩正在生火。母亲穿的衣服很旧了，而他们的晚餐只有麦片粥和马铃薯，炉火也很小，但是这一切都像小王子所渴望的那么快乐。孩子们光着脚，脸上却挂着笑容，而母亲的声音是那么的甜美！

"你要和我们一起吃晚餐吗？"他们问。

他们似乎没有注意到王子那张皱成一团的脸。

"你们快乐的心在哪里？"王子问他们。

"我们不知道你在说什么。"男孩和女孩回答道。

"为什么？"王子说，"你们每个人都像脖子上戴了金链子一样，这么快乐。我也很想像你们一样。你们的金链子在哪里？"

"哈哈！"这些孩子们开心地大笑！

"我们不需要戴金链子，"他们说，"我们都深深爱着我们的家人。我们在游戏时把这间屋子当做城堡，我们想象用火鸡和冰淇淋当晚餐。晚餐后，妈妈与我们一起分享这些快乐的时光，给我们讲故事，互相分享游戏的乐趣，我们只需要这些就可以很快乐了。"

"我要留下来和你们一起用晚餐。"小王子说。

他就在这间像是城堡一样的小屋子里吃晚餐，把麦片粥和马铃薯当做火鸡和冰淇淋。他帮忙洗碗盘，然后他们都坐在火炉前。他们把小小的炉火看成是烧得又旺又大的火焰，听着母亲说仙女的故事。

突然，小王子开始笑了。他的笑容就像鲜花般灿烂，他的声音就像音乐一般甜美。

这个晚上，他过得非常快乐。然后，男孩子陪着他走向回家的路。当他们就快抵达皇宫大门时，王子说："真奇怪，但我真的觉得好像已经找到了我快乐的心。"

男孩子笑了起来。

"有什么好奇怪的，你是已经找到了，"他说，"只不过现在你把它嵌在身体里面了。"

 好习惯训练营

快乐的源头在自己的心里。总有人以为过上了富足的生活就没有烦恼，却不知道如果没有一颗快乐的心，再富足的日子也会有烦恼。相反，如果我们能用一颗简单而快乐的心去看世界，能和自己的家人相亲相爱，我们会发现，朴素的生活原来是这样的简单、美好。

◆孟娟

不能流泪就微笑 ❯佚名

她说："在这寂静的世界里，我感到很充实。因为我不能流泪，所以我选择了微笑。"

在美国艾奥瓦州的一座山丘上，有一间不含任何合成材料、完全用自然物质搭建而成的房子。里面的人需要依靠人工灌注的氧气生存，并只能以传真与外界联络。

住在这间房子里的主人叫辛蒂。1985年,辛蒂还在医科大学念书,有一次,她到山上散步,带回一些蚜虫。她拿起杀虫剂为蚜虫去除化学污染,这时,她突然感觉到一阵痉挛,原以为那只是暂时性的症状,谁料到自己的后半生就从此变为一场噩梦。

这种杀虫剂内所含的某种化学物质使辛蒂的免疫系统遭到破坏,使她对香水、洗发水以及日常生活中接触的一切化学物质一律过敏,连空气也可能使她的支气管发炎。这种"多重化学物质过敏症"是一种奇怪的慢性病,到目前为止仍无药可医。

患病的前几年,辛蒂一直流口水,尿液变成绿色,有毒的汗水刺激背部形成了一块块疤痕。她甚至不能睡在经过防火处理的床垫上,否则就会引发心悸和四肢抽搐——辛蒂所承受的痛苦是常人无法想象的。1989年,她的丈夫吉姆用钢和玻璃为她盖了一所无毒房间,一个足以逃避所有威胁的"世外桃源"。辛蒂所有吃的、喝的都得经过选择与处理,她平时只能喝蒸馏水,食物中不能含有任何化学成分。

多年来,辛蒂没有见到过一棵花草,听不见一声悠扬的歌声,感觉不到阳光、流水和风的快慰。她躲在没有任何饰物的小屋里,饱尝孤独之苦。更可怕的是,无论怎样难受,她都不能哭泣,因为她的眼泪跟汗液一样也是有毒的物质。

坚强的辛蒂并没有在痛苦中自暴自弃,她一直在为自己,同时更为所有化学污染物的牺牲者争取权益。辛蒂生病后的第二年就创立了"环境接触研究网",以便为那些致力于此类病症研究的人士提供一个窗口。1994年辛蒂又与另一组织合作,创建了"化学物质伤害资讯网",保证人们免受此威胁。目前这一资讯网已有来自32个国家的5000多名会员,不仅发行了刊物,还得到美国、欧盟及联合国的大力支持。

在最初的时候,辛蒂每天都沉浸在痛苦之中,想哭却不敢哭。随着时间的推移,她渐渐改变了生活的态度,她说:"在这寂静的世界里,我感到很充实。因为我不能流泪,所以我选择了微笑。"

好习惯训练营

孟娟

我们的生活是否幸福在于我们看待生活的态度。一些微小的挫折可能会使意志薄弱的人灰心气馁,而真正坚强的人即使面对人生的大苦难依然能够从容坦然。在困难面前,选择微笑还是流泪,选择坚强还是软弱,决定了我们的生活是否幸福,我们的人生是否充实。

除了眼泪,还有阳光和蓝天 佚 名

其实,你除了眼泪、阳光和蓝天,还有一颗勇敢顽强的心、健康的身体……

从前,有一个小沙弥受不了寺院的清苦,变得厌世、轻生,患上了我们现在所说的抑郁症。

有一天,他独自一人走上了寺院后面的一个悬崖险峰,就在他紧闭双眼,准备纵身跳下时,一只大手按住了他的肩膀。他回头一看,原来是老方丈。小沙弥的眼泪马上就流出来了,他告诉老方丈,他已经万念俱灰,真的"看破红尘,四大皆空",什么牵挂都没有了,只想一死了之。

老方丈慈爱地说:"生命没有错误,要珍惜自己的生命,其实你

拥有的东西还很多很多，你先看看你手背上有什么。"

小沙弥抬手看了看，讷讷地说："没什么呀！"

"那不满是眼泪吗？"老方丈语气沉重地说。

小沙弥眨巴眨巴眼睛，又是串串热泪。

老方丈满眼关切，又说："再看看你的手心。"

小沙弥又摊开双手，看自己的手心。看了一阵，不无疑惑地说："没什么呀！"

老方丈呵呵一笑说："那不满是阳光吗？"

小沙弥愣怔了一下，脸上也泛起丝丝的笑容。

老方丈又循循善诱地说："你再抬头看看。"

这回小沙弥开窍了，没等方丈开导，就心悦诚服地说："还有蓝天，我还有蓝天！"

老方丈舒心地叹了口气，对小沙弥说："其实，你除了眼泪、阳光和蓝天，还有一颗勇敢顽强的心、健康的身体……"

好习惯训练营 ┄┄┄┄┄┄┄┄┄┄

人总会遇到困难和挫折，这时难免灰心丧气，可转念一想，天空真的那么灰暗吗？人生就像一颗多面的钻石，一面暗淡了，还有很多面，仍然可以光彩夺目。阳光、蓝天、健康的身体、顽强的心……我们所拥有的是如此丰富和精彩。

▼ 陈年年

快乐的源头在自己心里。

第 **6** 辑
选择我们的言行

　　在危急时刻的选择，更能体现一个人的日常习惯和修养。很多争吵都是毫无价值的，理智地控制我们的情绪，睿智地选择我们的言行，是比争吵或者愤怒更有效的解决方法。记住，在任何情况下，都要将我们最好的一面展示出来。

做一个有教养的人  苦 丁

> 如果是一个没有教养的人，很可能第一步就被拒绝在人群之外。

　　真的要与你谈论这一话题了，爸爸才觉得"教养"二字有多么重。

　　上个星期六晚上，爸爸陪你去青少年宫练琴。当时，老师让一个比你小一岁的小朋友弹奏时，她因为胆怯，躲在妈妈的身后，不肯走到琴前。我知道，你可能是觉得她那种羞怯的样子好玩，或者，为了显示自己的"勇敢"，就大声地边笑边对我说："爸爸，你看她，太好玩了……"我看到，那个孩子听到后，更紧地抓住了妈妈的衣服，眼泪都要出来了。而那个孩子的妈妈，也被自己孩子的表现和你的这一句话弄得很尴尬，差点要打自己的女儿。

　　你也许早已经忘记了那样一个细节，但那个小到可以忽略的细节却给爸爸敲响了一个警钟，使我意识到：这是一个大问题。

　　你知道么，女儿，就是你的这一句话，也让爸爸极其尴尬。那一刻，我真想大声地呵斥你："不要乱讲！"但爸爸没有那样做。为什么？等你长大后，你就会感激爸爸的做法。不错，你还是个孩子。但爸爸知道，你也有自己的"面子"——尊严。哪怕是你的爸爸，我也没有权利去侵犯。

　　你可以设身处地地想一想，如果你是那个小女孩儿，当在你胆

怯、犹豫或没有足够的信心时,别人在一旁哪怕有一点点的含有嘲笑的语言,你会怎么样? 如果你只是一个小孩子,如果你没有足够坚强的意志力和心理承受能力,那你会连最后的一点勇气和信心也丧失掉! 反过来想,如果在这样的时刻,别人给你一些鼓励,你就可能冲破自己的心理障碍,走向成功。哪怕别人在这样的时候仅仅保持礼貌上的沉默,或许不能给你以帮助,但我想,至少,你会从内心里感激别人的这份宽厚、理解和善意。

当你说出那些话时,我并没有呵斥你,只是及时地用一个严厉的眼神制止了你。我不能允许你再说出些或许能给那个孩子带来某种伤害的话。但是,女儿,现在我不得不要告诉你,你的那种做法很不好。许多时候,一个人为自己的成功或成就自豪(哪怕有些夸张、招摇、洋洋自得)都可以理解,也可以原谅。但是,在你自豪的时候,在你洋洋自得的时候,你应该看一看,想一想,是否建立在别人的痛苦之上,是不是以贬抑别人为代价的。

以往,我跟你谈过做人要诚实,要怎样。而这样的一件小事,却使我强烈地意识到,你已经开始长大,你要逐渐地走进人群。走进人群,是需要各种素质的。而与人相处,首要的,也是最直接的,就是要看你是不是有教养。如果是一个没有教养的人,很可能第一步就被拒绝在人群之外,那么,比如诚实等做人的品质,就不会有机会被人感觉到。

我知道,在我们生存的这个现实里,我这样细致地跟你谈"教养"是很苛刻的。爸爸不得不痛心地告诉你(尽管我从心里多么不愿承认),我们目前的这个世界是很缺乏"教养"的。别的不说,看看马路上那些横冲直撞的车辆、那些只因为一点点小事情就大打出手或满大街回响着的"国骂",就有足够的理由让人对"教养"两个字失去信心。但是,我们总可以要求自己,而且,如果和你一样的孩子都能从自己做起,那么,将来的世界就是一个有教养的世界。你说对吗?

其实,爸爸说了这么多,就是希望你能做一个有教养的人。具体到这一件小事情上,你要面子,就要想到,别人也是要面子的。将来,你会把面子渐渐上升到尊严的高度。那么,你就该明白,你自己想做一个有尊严的人,也要时时提醒自己,别人也是有尊严的,这与一个人的年龄、生存境遇、社会地位没有丝毫的联系。

这是人性的起码要求。

好习惯训练营

蔓草没有枝干只能匍匐在地面上,林木没有主干不能长成参天大树。修养,就像人的枝干,是支撑一个人的脊梁。有修养的人更易获得尊严和尊重。它不同于规则,修养悄悄地体现在一个人平时的言谈举止中,需要我们从小开始培育,逐渐养成具有良好修养的习惯。

齐婉秋

最宝贵的一门课　▶雷泰平

在重创民族辉煌、融入世界之流的今天,规则和秩序,也许正是我们最为需要的素质。

深夜,一位中国人走进德国某小镇的车站理发室。那理发师热情地接待了他,却不愿意为他理发。理由是,这里只能为手里有车票的旅客理发,这是规定。中国人委婉地提出建议,说反正现在店里也没有其他顾客,是不是可以来个例外?理发师更恭敬了,说,虽然是夜里也没有别的人,我们也得遵守规则。无奈之中,中国人走到售票窗前,买了一张离这儿最近的那一站的车票。当他拿着车票第二次走进理发室时,理发师很遗憾地对他说,如果您只是为了理发才买这张车票的话,那么真的很抱歉,我还是不能为您服务。

当有人把深夜车站理发师的故事告诉给一群在德国留学的中国学生时,不少人感慨万千,说,太不可思议了,德国人真的是太认真了,这样一个时时处处讲规则讲秩序的民族,永远都会是一个强大的民族。但有的人不以为然,说,偶然的一件小事,决定不了这么大的性质,一个小镇的车站,一个近乎迂腐的人,如何能说明一个民族的性格呢? 双方甚至还为此发生了争执,相持不下之际,就有人提出通过实践来检验孰是孰非。于是,聪明的留学生们共同设计了一项试验。

他们趁着夜色,来到闹市区的一个公用电话亭,在一左一右两部电话的旁边,分别贴上了"男士"、"女士"的标记,然后迅速离开。第二天上午,他们又相约来到那个电话亭。令他们惊奇的一幕出现了:标着"男士"的那一部电话前排起了长队,而标着"女士"的那一部电话前却空无一人。留学生们就走过去问那些平静等待的先生:既然那一部电话前没有人,为什么不到那边去打,何必等这么久呢? 被问的先生们无一不以坦然的口吻说:那边是专为女士准备的,我们只能在这边打,这是秩序啊……

留学生们不再争执了。在他们默默回去的一路上,每个人都想了很多,大家都隐隐觉得自己乃至自己身后那个曾是礼仪之邦、崇尚井然有序的民族,这许多年来,可能于无意之中已慢慢丢失了一些美好的东西。在重创民族辉煌、融入世界之流的今天,规则和秩序,也许正是我们最为需要的素质。

有一位同学感慨道:"这是我们在德国学到的最为宝贵的一课啊!"

有秩序才能有和谐与安宁，这是人类文明之花盛开的源泉。生活中，每个人都要遵循一定的规则，虽然个人的力量微小，若大家都这样做，最终就可以汇成最伟大的力量。德国人的"迂腐"，恰恰是他们的强大之处。

齐婉秋

做个低调的人

◎崔鹤同

父亲给乔治树立了良好的榜样，他朴实的人格魅力，影响了乔治的一生。

美国的乔治·吉尔的父亲一直就是瘸着一条腿走路的，他的一切都平淡无奇。所以小小的乔治总是想，母亲怎么会和这样的一个人结婚呢？

一次，市里举行中学生篮球赛，他是队里的主力。他希望母亲能陪他同往。母亲笑了，说："那当然，你就是不说，我和你父亲也会去。"

他听罢摇了摇头，说："我不是说父亲，我只是说你。"

母亲很是惊奇，问："这是为什么？"

他听罢勉强笑了笑，说："我总以为，一个残疾人站在场边，会使整个气氛变味儿。"

母亲叹了一口气说："你就是嫌弃你的父亲了。"

这时父亲正好走过来，说："这些天我得出差，有什么事，你们商量着去就行了。"

比赛很快就结束了。乔治所在的队得了冠军。在回家的路上，母亲高兴地说："要是你父亲知道了这个消息，他一定会放声高歌的。"

乔治沉下了脸，说："妈妈，我们现在不提他好不好？"母亲接受不了他的口气，尖叫起来："你必须要告诉我这是为什么？"乔治满不在乎地笑了笑，说："不为什么，就是不想在这时提到他。"

母亲脸色凝重起来，说："孩子，这话我本来不想说。可是我再隐瞒下去，很可能会伤害到你的父亲。你知道你父亲的腿是怎么瘸的吗？"乔治摇了摇头，说："我不知道。"母亲说："那一年你才两岁，父亲带你到花园里玩，在回家的路上，你左奔右跑。忽然，一辆汽车疾驰而来，你父亲为了救你，左腿被碾在了车轮下。"

乔治顿时呆住了，说："这怎么可能呢？"母亲说："这怎么不可能？不过是这些年你父亲不让我告诉你罢了。"

二人慢慢走着。母亲说："有件事你还不知道，你父亲就是布莱特，你最喜欢的作家。布莱特是他的笔名。"

乔治惊讶地蹦了起来，说："你说什么？我不信！"母亲说："这事实你父亲也不让我告诉你。你不信可以去问你的老师。"

乔治急急地向学校跑去。老师面对他的疑问，笑了笑，说："这都是真的。你父亲不让我们透露这些，是怕影响你的成长。但现在你既然知道了，那我就不妨告诉你，你父亲是一个伟大的人。"

两天以后，父亲回来了，乔治问父亲："你就是大名鼎鼎的布莱特吗？"父亲愣了一下，然后就笑了，说："我就是写小说的布莱特。"

乔治拿出一本书来，说："那你先给我签个名吧！"父亲看了他片刻，然后拿起笔，在扉页上写道：赠乔治，做人要低调一点，生活其实比什么都重要。布莱特。

父亲给乔治树立了良好的榜样，他朴实的人格魅力，影响了乔治的一生。多年以后,乔治成为一名出色的记者。这时,有人让他介绍自己的成功之路,他就会重复父亲的那句话:做人要低调一点,生活其实比什么都重要。

 好习惯训练营

伟大的人之所以伟大,让人们高山仰止,有时正在于他们拥有那份淡定的谦逊,那份低调的内敛,那份自足的寂寞。谦虚的性格会让智慧更加张扬,张扬的习气却会使才华打折。一个谦虚低调的人,有一种淳朴的美丽。

倪玮琳

选择我们的言行 ▶ (美)狄娜拉·布莱克曼

理智地控制我们的情绪,睿智地选择我们的言行,在任何情况下,都将我们最好的一面展示出来。

我5岁的女儿即将开始她的学前课程,我来到一家学习用品商店为她购买相关物品。看着琳琅满目的学习用品,我仿佛又回到了快乐而幸福的童年时代。我很快将购物单上所列的所有物品采购齐全。在收款台前,我将采购的物品一一取出来,放在了传送带上。我的前面只有一位正在付款的顾客,马上就要轮到我了。这时,我身后的一位年轻女士推着她超载的购物车,急匆匆地挤到我的前面,粗鲁地将我放在传送带上的物品推向一边,并开始卸载她满满一车的物品。

这位女士糟糕的举止让我惊呆了,我的第一个念头就是立即告诉她,她这种行为是多么的有失大雅,但这样做无疑令事情变得更加糟糕。我快速地思考着,很快就有了自己的决定。我转向她,对她报以善意的微笑。年轻女士并不理睬我的善意,一边挑衅地看着我,一边继续粗鲁地推挤着我的物品,似乎在等待着我像她一样变得怒气冲冲。

我知道她正在试图挑起一场争斗,我猜测她一定遭遇了某种不快的事情,并企图通过这种方式来转嫁她的满腔愤怒。我再次快速地作出了我的决定:拒绝成为她执导的两人剧中的一个角色。我直视着她的眼睛,又一次对她微笑起来。没多长时间,我的物品就被打包,收款员微笑着对我说:"你是我见过的最优雅的一位女士!"我诚挚地对她的赞美表示了感谢,结过账,走出了商店,心中还在为自己骄傲不已。

罗斯福总统的夫人埃莉诺的那句令人难忘的名言浮现在我的脑中:"未经你的同意,任何人都不能够使你感到不适。"学习用品商店的那位不知姓名的年轻女士,在我面前展示了她最差的一面,她一直在试图让我向她展示我最差的那一面,但我让她失望了,我向她展示的是她未曾料到的我最好的一面,因为,我不打算让一个我从未谋面的陌生人来掌控我的思想和行为。

事实上,如果我们能够清楚地明白,我们的情绪完全掌控在自己手中的话,可以避免多少与陌生人无谓的争吵。我并不是说,人们凡事都应该无原则地忍让,而是说,有很多争吵是毫无价值的,我们需要的是,理智地控制我们的情绪,睿智地选择我们的言行,在任何情况下,都将我们最好的一面展示出来。要做到这一点,其实并不困难,只需掌握以下四个简单的原则:

一、培养自己敏捷的思维习惯。在现实生活中,人们常常没有思考清楚自己言行的后果,便草率地付诸了行动,这是思维迟钝造成的。

二、体谅陌生人的苦衷。绝大多数情况下，陌生人对你言行粗鲁，其实是他们的下意识行为，和你自己并没有直接的因果关系。在此之前，我在一家超市的柜台前，还遇到过一个言行无礼的中年女人，当时，我并没有去指责她的无礼，而是靠近她对她轻声道："你看起来很疲惫。"很快，她的表情和态度就发生了改变，她意识到了自己行为的不当，她解释说，她的确是精疲力竭，刚经过四个多小时的紧张工作，她为自己的不当行为向我表示了歉意，当我离开超市时，她微笑着向我挥手告别。

三、不做无益的事情。我在学习用品商店遇到的那位年轻女士，她的言行无疑是应该受到指责的，然而对于这样一位无视他人善意的微笑，坚持自己无礼行为的女士，谴责她，除了引起激烈的争吵外，对自己又有什么益处呢？在这种情况下，最明智的做法，当然是远离她。

四、智慧的选择。对一个朝你大声嚷嚷的人，企图通过自己的大呼小叫赢得争辩上的一分，是毫无意义的。委婉的、柔和的、充满理性的话语，或者仅仅一个微笑，效果都可能远胜于此。你的情绪、你的言行都在你自己的掌控之下，究竟采用哪种方式，是你自己完全拥有的权利。有益于你自己（同时又有益于他人当然更好）、能够展现自己最好一面的言行，才是智慧的选择。

好习惯训练营

危急时刻的选择，更能体现一个人的日常习惯和修养。养成善于控制情绪、正确选择应对策略的好习惯，是比争吵或愤怒更有效的解决办法，而且往往能带来意外惊喜。

齐婉秋

最没有教养的孩子　◎佚 名

　　詹姆斯·塞尔顿被认为是村上最没有教养的孩子，因为他说话很粗鲁，他在路上经常被人指责。

　　詹姆斯·塞尔顿被认为是村上最没有教养的孩子，因为他说话很粗鲁，他在路上经常被人指责。

　　如果碰到衣着讲究的人，他就会说人家是花花公子；如果碰到穿着破烂的人，他就说人家是叫花子。

　　一天下午，他和同伴放学回家，刚好碰到一个陌生人从村子里经过。那人衣着朴素，但却非常整洁。他手里拿着一根细木棍，棍的另一端还有一些行李，头上戴着一顶大遮阳的帽子。

　　很快，詹姆斯打上了这个陌生人的主意。他向同伴挤了一下眼睛，说："看我怎么戏弄他。"他偷偷地走到那人背后，打掉他的大帽子就跑掉了。

　　那人转过身看了一下，还没等他开口说什么，詹姆斯就已经跑远了。那人捡起帽子戴上，继续赶路。詹姆斯用和上次一样的方法想耍那个人，可是这次他被逮住了。

　　陌生人怔怔地看着詹姆斯的脸，詹姆斯却趁机挣脱了。一会儿他发现自己又安全了，就开始用石块砸那个陌生人。

　　当詹姆斯用石块把那人的头砸破后，他感到害怕了，便偷偷摸摸绕过田野，跑回了家。

当他快到家时，妹妹卡罗琳刚好出来碰到他。卡罗琳的手里拿着一条漂亮的金项链，还拿着一些新书。

卡罗琳激动地告诉詹姆斯，几年前离开他们的叔叔回来了，现在就住在他们家里，叔叔还给家里人买了许多漂亮的礼物。为了给哥哥和父亲一个惊喜，他把他的车停在了一里外的一家客栈。

卡罗琳还说，叔叔经过村庄时被几个坏孩子用石块砸伤了眼睛，不过母亲已经给他包扎上了。"你的脸看起来怎么这么苍白？"卡罗琳改变语气问詹姆斯。

詹姆斯告诉她没有什么事，就赶快跑回家，爬到自己楼上的房间，不一会儿，父亲叫他下来见叔叔。詹姆斯站在客厅门口，不敢进来。

母亲问："詹姆斯，你为什么不进来呢？你平常可没有这么害羞呀！看看这块表多漂亮，是你叔叔给你买的。"

詹姆斯羞愧极了，卡罗琳抓住他的手，把他拉到客厅。詹姆斯低着头，用双手捂着脸。

叔叔来到詹姆斯的身旁，亲切地把他的手拿开，说："詹姆斯，你不欢迎叔叔吗？"可是叔叔很快退了回来，说："哥哥，他是你的儿子吗？他就是在街上砸我的那个坏小孩。"

善良的父亲和母亲知道了事情的原委，既惊讶又难过。虽然叔叔的伤口慢慢地好了，可是父亲却怎么也不让詹姆斯得到那块金表，也不给他那些好看的书，虽然那些都是叔叔买给他的。

其他的兄弟姐妹都分到了礼物，詹姆斯只得看着他们快乐。他永远也不会忘记这次教训，终于改掉了粗鲁无礼的陋习。

只有懂得礼让他人,才能得到别人的尊重;相反,粗鲁蛮横,张扬霸道,就算一时占了上风,最终只会让人鄙视和看不起。詹姆斯是个无礼的孩子,他以捉弄别人为乐,自己最后也尝到了这种陋习的恶果。友善地对待别人,才能得到别人的友爱。

○ 孟娟

静谧中的礼仪 ◎白 兰

"嘘……"虽然只是一个小动作,却折射出澳大利亚人在公众场合不干扰他人的家教理念。

在澳大利亚的许多公共场所,家长们对子女经常要做这个动作:将右手食指放在嘴上"嘘……"这时,哪怕最好动的孩子,也会立刻安静下来。

其实,从孩子咿呀学语起,澳大利亚的家长便开始了"公众场合不能高声大嗓,以免影响他人"的教育。但孩子有时高兴起来可能忘记这一训诫,这时,家长的提醒就显得十分必要。有一次,我在华人聚居区的坎布斯图书馆正翻看《小熊维尼》画册,一位金发碧眼的小男孩趋前对我说了一句话,声音小得近乎耳语,我听了两遍也没明白。"这本书您看后请交给我。"也许是他重复时稍稍提高了嗓门,他的妈妈便做了一个"嘘……"的表示,男孩当即缄口,改用手势,直到我明白为止。

这种场景在澳大利亚随处可见。记得刚刚落户悉尼郊外贝尔蒙镇的一幢双层公寓楼时，由于还没进入"异国他乡"的特定角色，进进出出仍像在国内时那样爱哼唱。那日，正哼着《铃儿响叮当》走下楼梯，却见楼下的英裔老太太惊异地从屋里探出头来，随即，她腋下又钻出两个好奇的小女孩，这时，我方才醒悟："吵着邻居了。"马上掐断了歌声。

　　难怪老太太莫名惊诧，虽是近邻，但平日里，我们绝对听不到她那两个活泼可爱的孙女高声说话（当然也包括她），除在草坪上追逐玩耍时"放声"外，其余时间竟如"人间蒸发"似的悄无声息。据老太太说，为使孙女养成良好习惯，她把英国伊丽莎白女王致孙女的"行为礼仪"张贴在自家墙上，要求两个孩子参照执行。这些条款多达32项，但印象最深的，还是有关"声音"的规范，比如"就餐时，咀嚼食物尽可能闭合嘴，不发出大的声响，不高声说笑，不可嘴里塞满食物同时说话"；"进入安静场所脚步要轻，避免在公共场所大声说话、咳嗽或动作发出很大的声音"等等。

　　如此的家教影响，使"公共场所高声说话会侵犯他人权益"的观念，逐渐融入孩子们的血液，即使他们单独外出，也能自觉控制声响。某日我们在"麦当劳"就餐，只见一群孩子正举行生日聚会。温馨的祝福，美丽的蛋糕，摇曳的烛光，尖尖的生日礼帽，花朵般绽放的笑脸，都给人以强烈的视觉冲击。但有趣的是，联欢会没有"响"声，孩子们用手势和眼神"交谈"着，还不时以水代酒碰杯祝贺，偌大的餐桌上竟听不到什么声音，如果不是服务小姐邀请在场的顾客与他们同唱生日歌，祝贺"小寿星"的生日，你会误以为这是一群"聋哑"孩子呢。

　　由于成年人的言传身教，孩子们一旦被噪音"侵扰"，也知道自我保护。年初，我们那条街搬来一户韩国人，为庆祝乔迁之喜，他们在自家花园里举办了一次盛大的露天聚会,远近的韩国侨民带着礼物前来道贺。主人殷勤,客人高兴,大家在屋后的大草坪上载歌载舞,喝酒聊天,气氛热烈得就像开了锅的水。谁知晚上十时刚过,便听到尖厉的警笛声由远而近,韩国人因"噪声污染"影响左邻右舍的正常生活,被带到警署罚款,并写下保证书后才被放回。事后得知,原来是韩国人的小邻居,12岁的孩子查理报的案:"我明天清早还要上学,你侵犯了我的休息时间,我不能不管!"

"嘘……"虽然只是一个小动作,却折射出澳大利亚人在公众场合不干扰他人的家教理念。从大的方面说,它有利于社会生活的有序进行,从小的方面看,它是孩子们成长历程中的道德教化。尽管"国与国不同,花有几样红",但我们的家长们是否也可以学学这种方式,以养成孩子们在公众场合不干扰他人的良好习惯。

好习惯训练营

我们都有自己的权利,只有当每个人都自觉自律时,我们的权利才能得到保证。在公众场合不大声喧哗,上下楼梯脚步轻轻靠右行,在家放松时关小音响的音量以免影响邻居的休息……如果大家都能注意到这些细节,我们的生活会更加轻松,更加有序。

孟娟

礼貌的力量 　＞佚　名

礼貌不需要太高的代价，收获的价值却不可估量。

有一批耶鲁大学的应届毕业生，共22个人，实习时被导师带到华盛顿的国家某实验室里参观。全体学生坐在会议室里，等待该实验室主任胡里奥的到来。这时，有位秘书给大家倒水，同学们表情木然地看着她忙活，其中一个还自来熟地问："有黑咖啡吗？天太热了。"秘书回答说："真抱歉，刚刚用完。"

轮到一个叫比尔的学生时，他轻声地说："谢谢，大热天的，辛苦了。"

秘书抬头看了他一眼，满含着惊奇，虽然这是很普通的客气话，却让她感到温暖，因为这是她当时听到的唯一的一句感谢话。

门开了，胡里奥主任走进来和大家打招呼，不知怎么回事，静悄悄的，竟没有一个人回应。比尔左右看了看，犹犹豫豫地鼓了几下掌，同学们这才稀稀落落地跟着拍起手来，由于掌声不齐，显得有些零乱。

胡里奥主任挥了挥手说："欢迎同学们到这里来参观。平时这些事一般都是由办公室负责接待，因为我和你们的导师是老同学，非常要好，所以这次我亲自来给大家讲一些有关的情况。我看同学们好像都没有带笔记本。这样吧，秘书，请你去拿一些我们实验室印的纪念手册，送给同学们作个纪念。"

接下来，更尴尬的事情发生了，大家都坐在那里，一个个很随意

地用一只手接过胡里奥主任双手递过来的纪念手册。

胡里奥主任的脸色越来越难看,走到比尔面前时,已经快要没有耐心了。

就在这时,比尔礼貌地站起来,身体微倾,双手接过纪念手册,恭恭敬敬地说了一声:"谢谢您!"

胡里奥闻听此言,不觉眼前一亮,用手拍了拍比尔的肩膀:"你叫什么名字?"

比尔照实作答,胡里奥点头微笑回到自己的座位上。

早已汗颜的导师看到此情景,才微微松了一口气。

两个月后,在毕业生的去向表上,比尔的去向栏里赫然写着某军事实验室。有几位颇感不满的同学找到导师问:"比尔的学习成绩最多算是中等,凭什么选他而没选我们?"

导师看了看这几张尚显稚嫩的脸,笑道:"比尔是人家国家实验室点名来要的。其实,你们的机会不仅是完全一样的,而且你们的成绩还比比尔好,但是除了学习之外,你们需要学的东西还有很多,礼貌便是重要的一课。"

后来,导师给全班同学留下了这样的临别赠言:"礼貌是很容易做的事情,也是很珍贵的事情。礼貌是良好修养中的美丽花朵,是通行四方的推荐书,是人类共处的得体服饰。礼貌无需花费一文,却能赢得许多。"

好习惯训练营

别人为我们服务时,简单的一句"谢谢",不仅体现了自己的修养,也换来了别人对我们的尊重;无意中打扰了别人的时候,轻轻的一声"抱歉",无形中熄灭了对方心里升起的怒火,并为我们赢得了好感。的确,礼貌不需要太高的代价,收获的价值却不可估量。

陈年年

理智地控制我们的情绪，
睿智地选择我们的言行。

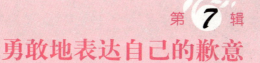

第 **7** 辑

勇敢地表达自己的歉意

　　世界著名的广告策划人奥格威认为，承认自己的过错很重要，而且要在受到指责之前就这样做。如果因为自己的过错而使其他人或事物受到伤害，那就要主动站出来向对方表示自己真诚的歉意。无论自己的这种过错是有意还是无意，也无论对他人或事物造成的伤害有多严重，都要如此。这是一种勇气，也是一种高尚的品质。

谁说已经太晚了

> （美）诺曼·文森特·皮埃尔

> 我受到了极大的震动，即使是隔了许多年之后的一句歉语也能带来撼人的快慰。

"现在太晚了"这5个伤感的字常常像幽灵一样萦绕于许多人的脑际。有一个高中退学生，有感于目前所干的粗鄙的工作，很想继续未竟的学业；一个不忠实的丈夫想挽回他的婚姻；一个公司的职员因酗酒被解雇了，他想戒酒，然而他们都止于现状，因为"现在太晚了"。

几乎人人都经历过不愉快的人际关系，最初是谁也不愿意提供一根橄榄枝，一段时间之后，又感觉到道歉或和好已太晚了。这些人其实都错了，纠正错误，重新开始永远不会晚。

不久前，我偶然看到一篇介绍著名音乐家罗伯特·肖的文章，他已从亚特兰大交响管弦队的作曲兼指挥的位置上退休。这使我回忆起一件往事，多年以前，我曾是曼伯尔学院教堂的牧师。有一次肖来找我，建议在我们教堂成立一支年轻人合唱队，由他负责组织。

这真是一个好主意，这样就可以吸引年轻人加入教会，我当然赞同了，参加排练的人精神饱满，充满热情，我想他们给教堂赋予了新内容。

不幸的是，教会的部分会员，其中包括两个顽固的保守主义者，认为合唱队与曼伯尔教堂的一贯风格偏离得太远了。最终，我背弃了自己的意愿,告诉肖排练不能继续下去了,他很失望,但表示理解。这个变故一直困扰着我,当时我没有勇气承认自己的错误。

至今几乎已半个世纪过去了,从那以后我们再没有见过面,也没有通过话。然而在读了那篇文章之后,我的良知提醒我很早以前的过错必须纠正了。

我给他写信,为我从前的错而抱歉,很快就得到了这位音乐巨人的回音,他对我的直率、宽容、大度表示感谢,同时告诉我当时的错误他也有一份。

我受到了极大的震动,即使是隔了许多年之后的一句歉语也能带来撼人的快慰。

何不去你的记忆中探寻一番,也许一句和好的话还没有说,又也许一件好事情还没有开始,即使过去了很久很久,一切也不会太晚。

好习惯训练营

让我们不能及时说声"对不起"的,并不是没有时间或者距离太远。很有可能是我们的内心拒绝承认错误,还没有勇气去迎接过错带来的损失。当改过错误、心地坦荡时,你会发现,一切并没有太晚,说声"对不起"永远不会太迟。

齐婉秋

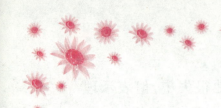

三 毛 认 错  ◎杨 冰

每个人都会犯错,但过失可以教给你的,却是你在任何地方都不可能学到的。

台湾作家三毛生长在一个经济并不宽裕的家庭里。每个孩子每月只给一块钱零用钱,而且这一块钱也没有完全支配的自由,还得由大人监督着使用。过年得的压岁钱,大人要收去做学费和书钱。三毛的这种经济状况,远远满足不了她的需要。有个星期天,三毛走进妈妈的卧室,看见五斗柜上躺着一张耀眼的红票子——5元钱,她的眼睛一下子直了。有了它,能够买多少糖果啊? 三毛的脚一点点地向票子挪去。当她挪到能够抓住那张票子时,突然像听到有人吼了一声,吓了她一跳。她很快定下心来,目光扫视了房门口后,猛地伸手一抓,将红票子抓到手里,双手将它捏成纸球,装进了口袋。

午饭时,妈妈自言自语地说:"奇怪,刚才搁的一张5元钱怎么不见了呢?"姐姐和弟弟只顾吃饭,像没听见。三毛有点儿坐不住了。她搭腔道:"妈妈,是不是您忘了放在什么地方了?"这一关过去了,但到晚上脱衣服睡觉时,三毛害怕了,她怕妈妈摸她的裤子口袋。当妈妈伸手拉她的裤子时,三毛机灵地大叫:"头痛! 头痛! 我头痛呀!"三毛的这一招还真灵,妈妈顾不上拉她的裤子了,赶快找到温度计让她夹在胳肢窝里。当她和父亲商量着带三毛看医生时,只见三毛半斜着身子,假装呼呼地睡着了……

　　过了一天,三毛被拉去洗澡,妈妈要脱她的衣服。这一次,三毛应付的方法是哭。妈妈见三毛不让自己给她脱衣服,便叫佣人来侍候三毛。在换衣之际,三毛迅速把5块钱从裤子口袋转移到手心里。洗澡的整个过程中,她都死死地捏着那5块钱。三毛一面洗澡,脑子里一面想如何扔掉这个让自己坐立不安又不能继续背下去的包袱。时间不断地流逝,在她转动小心眼的时候,外面等着洗澡的人把门敲得咯咯响。管它呢,就这样办了。浴室门一开,三毛箭一般地跑进了母亲的卧室,不等穿好衣服,便将手里那块烫嘴的"小排骨"扔进了五斗柜和墙的夹缝里。

　　次日早晨,三毛像发现新大陆一样,惊讶地大叫一声:"哎呀,妈妈!你的钱原来掉在夹缝里了!"全家人相对一笑。妈妈给三毛找了个台阶下,她说:"大概是风吹的吧。找到了就好!"后来姐姐和弟弟向三毛透露了一个秘密——我们都偷过家里的钱,爸爸妈妈也都知道。这一次爸爸妈妈也是在等着你自己拿出来。三毛好后悔,原来大家一直在观看自己演戏。

　　每个人都会犯错,但过失可以教给你的,却是你在任何地方都不可能学到的。犯了错误,让我们勇于承认吧。

　　三毛的经历大概很多人年幼时都有过,那种害怕、担心、度日如年的感觉真的很不好受,只有等到事情过去了才能偷偷地舒一口气。因此,如果做错了事情,就勇敢地站出认错,这不仅让他人认识到我们是知错就改的好孩子,容易原谅我们,更会让我们的内心获得安宁。

陈年年

寻　求

（美）劳拉·里查德

接着我当年的故事告诉了他们，并倾诉了寻找无着落的懊恼。

　　那时，我还年轻。有一回我停车在佛蒙特州南部的森林里，附近的农夫倒车时不小心将我的汽车撞瘪了一块，而我当时并不在场。我取车时，发现车窗上贴着一张纸条，上面工工整整地写着一行字："我们等着您。"下面是一个电话号码。后来我是如何在农夫家的饭厅里同他相见并交换各自汽车投保情况的一些细节我已想不起来了，但我清楚地记得，当我对农夫主动承担责任的精神表示感谢时，他平淡地回答说："这是我们做事的习惯。"他的妻子则微笑着在旁边用围裙擦干手，附和着丈夫的话。

　　许多年过去了，可我始终记着这场面、这句话。这对正直、体贴的农家夫妇生活得好吗？我决定再次拜访他们的农舍。

　　带着自家烘制的馅饼，驾驶着汽车朝佛蒙特州的南部驶去，一路上我使劲地搜索着记忆中的小屋。停下车，我向路人描绘着记忆中的农场——低矮的苹果林边有一个石头砌成的谷仓；大片的向日葵地；屋前的花坛里种着太阳花、瓜叶菊和毛地黄。路人笑着对我说："我们这个州有三分之一的地方和这儿类似，小姐，除非你能说出姓名。"可我说不出来。

　　"许多人都会这样干的。真的，这是我们做事的习惯。"一个正用干草喂着一群比利时栗色马的老妇人,听我复述往事后这样说。

　　几个小时后,我把车开进了野餐区,这是一个有着清澈小溪、种植着大片凤梨树的美丽地方。而我正为此次重返旧地一无所获而心情烦乱。

　　"对不起,小姐,打搅您一下。"一对陌生人过来,他们正为自己的车钥匙被锁进了汽车而不知所措。

　　"我可以替他们打电话请来锁匠,或者让他们搭我的车回城。"我想。

　　于是我请他们上了我的车向城里开去。一路上,那位夫人向我介绍说,她丈夫是个植物学家,他们正一路旅行去北方收集蕨类植物。

　　我们终于把锁匠从城里带回了野餐营地。锁匠工作时,他们夫妇和我则在露天餐桌边坐下共同分享我带的馅饼。植物学家兴奋地说:"您真好,这么热心地帮助我们。"我笑着回答:"这是我们做事的习惯。"接着我把当年的故事告诉了他们,并倾诉了寻找无着落的懊恼。

　　此刻,他的夫人甜甜地插上一句:"寻找?您已经寻找到这里的'习惯'了。"

好习惯训练营

　　多数时候,承担错误比承认错误更难。真诚的歉意,不仅可以弥补过错带来的伤害,也能赢得对方的尊重。勇敢地承担,生活会变得轻松许多、简单许多。相反,拒绝认错,将长期背负沉重的包袱,承受更多不必要的压力。

齐婉秋

把歉意开成一朵鲜艳的花　　◎澜 涛

此后,刻上铁皮并被悬挂起来的道歉,成为伦敦大学开明、诚实、律己的花朵。

我的一个朋友刚从英国回来,他去那里之前做事慵懒拖沓,玩世不恭,经常犯一些不该犯的错误,最要命的是犯错后从不去考虑改正。父母没有办法,将他送出了国。两年之后他再回国,待人接物、行为处事都条理分明且严谨起来。我很诧异,问他怎么会改变这么多?

朋友对我讲起他到伦敦后不久的一次经历。

朋友初到伦敦后依旧承袭着他在国内的性格和生活态度。一天,他的一位亲友带着他去伦敦大学的亚非学院"散步",亲友将他领到一座教学楼前,指着教学楼外墙壁上的一块铁牌问他:"你知道这是干什么用的吗?"朋友摇头。亲友对他讲起铁牌的来历——

这座教学楼建于20世纪80年代,当年,为了建造这座大楼,伦敦大学耗费了巨资。大楼竣工后,校方筹备了盛大的落成典礼,邀请了包括大名鼎鼎的安妮公主在内的诸多皇亲国戚、达官贵人和社会名流。可就在盛况异常的典礼要举行前,伦敦大学接到一个电话,问:"建这座大楼是否经过批准?"校方答复经过了政府批准。对方接着问道:"那你们得到土地主人的许可了吗?这里是罗素家族的私有土地,仅有政府批准是不够的。"

校方慌了手脚,忙问对方该怎么办? 对方回答:"很简单,拆掉大楼。"

伦敦大学知道,罗素家族有很多土地,并不缺少他们占用的这一块土地。因为,伦敦大学旁边那个面积非常大的罗素公园在平日里几乎已经成为伦敦大学学生们午餐、休息、谈情说爱的去处,罗素家族从未提过任何意见。让伦敦大学拆除耗费重金建造起来的大楼,他们实在难以接受,他们决定给罗素家族一定的赔偿,而不拆除大楼。但让他们失望的是,罗素家族的态度非常明确,他们不要赔偿,只要原来那块草地。

万般无奈之中,伦敦大学和罗素家族对簿公堂,但法院的判决是让伦敦大学按所有权人的要求,拆掉楼房,恢复原状。

伦敦大学虽然非常痛恨罗素家族的不讲人情,但依旧无可奈何地开始进行拆除大楼的准备。一切拆除工作都准备好了,就要拆除大楼了,伦敦大学再一次接到了罗素家族的电话,罗素家族突然转变了态度,表示大楼可以不拆除。伦敦大学喜出望外,急忙询问对方保留大楼的条件,以便给予补偿。罗素家族称学校可以无偿使用这块土地,但条件是伦敦大学要认识到自己的违法之处并予以声明。伦敦大学羞愧难当,立即写了一个道歉声明并刻在一块铁牌上,挂到这座大楼外墙上:此楼建筑计划的实施未与罗素家族或其托管人进行应有的协商,自然也未征得他们的许可,伦敦大学谨以此铭记诚挚的歉意。

我的朋友被他的亲友的讲述惊呆了,他诧异这个暗灰色的、朴素的、只有两本杂志大小的铁牌的背后,居然有着这样一个让人肃然起敬的故事。

坚持只要草地,是对自我荣誉的恪守和捍卫;把道歉刻上铁皮并公之于众,是知错就改的严谨和反省。一个家族用执拗、固执教会一所大学更加谦逊、严谨,同时用豁达开明教会这所大学知错就改。此后,刻上铁皮并被悬挂起来的道歉,成为这座大楼的与众不同之处,成为伦敦大学开明、诚实、律己的花朵。这块刻着歉意的铁皮现在仍旧悬挂在伦敦大学的那座教学楼的外墙壁上,它像花朵一样释放着罗素家族和伦敦大学的芬芳,净化着每一个朝拜它的人们的心灵。我的朋友就是在那一次的"散步"后发生了改变。

好习惯训练营

一起让双方对簿公堂的事件,并没有让伦敦大学和罗素家族成为仇敌,相反,这个故事的最终结局是双方握手言和。罗素家族用自己的坚持告诉世人:规则就是规则,必须遵守;也用自己的宽容告诉世人:用一颗豁达的心去对待别人,得到的收获更多。而伦敦大学也用自己的行动告诉世人:坦诚地承认自己的错误,不仅能得到别人的理解,更能得到大家的尊重。

◯ 孟娟

错了就承认 ▶佚 名

> 我知道周围没有人的时候,让这样一只小狗在这儿跑一跑,是一件诱人的事。

从我家步行不到一分钟,就有一片树林。春天来到时,树林里野花盛开,松鼠筑巢育子,马尾草长到马头那么高。这块完整的林地叫做森林公园。我发现它时就像哥伦布发现了美洲大陆。我常带着我的哈巴狗雷克斯到公园中散步。它是一只可爱温顺的小狗,由于园中不常见人，所以我总是不给它系上皮带或口笼。

一天，我们在公园中遇见一位警察——一个急于要显示他的权威的警察。

"你不给那狗戴上口笼，也不用皮带系上，还让它在公园里乱跑，你不知道这是违法的吗？"

"我知道是违法的，"我轻柔地回答说，"但我想它在这里不至于会伤害什么。"

"你想不至于！你想不至于！法律可不管你怎么想。那狗也许会伤害松鼠，或咬伤儿童。这次我放你过去，但如果我再在这里看见这只狗不戴口笼，不系皮带，你就得去和法官解释了。"

我真的遵守了几次。但雷克斯不喜欢戴口笼，所以我决意碰碰运气。起初倒没什么，后来有一天下午，雷克斯和我到了一座小山上，忽然我看见了那个警察，他骑着一匹红马。雷克斯在前面正向着那警察冲去。我知道事情已无可挽回了。

所以我没等警察开口说话，就先发制人。我说："警官，我愿意接受你的处罚。我没有托词，没有借口。你上星期警告我，如果我再把没戴口笼的狗带到这里，你就要罚我。"

"哦，好说，好说，"这警察用温柔的声调说，"我知道周围没有人的时候，让这样一只小狗在这儿跑一跑，是一件诱人的事。"

"那真是一种引诱，"我回答说，"但那是违法的。"

"像这样一只小狗是不会伤人的。"警察说。

"不，它也许会伤害松鼠。"我认真地说。

"哦，我想你对这事太认真了，"他说，"我告诉你怎么办，你只要让它跑过小山，我看不见它，就没事了。"其实，那位警察也挺有人情味儿，他只不过要得到一种被人尊重的感觉。所以当我开始自责时，他唯一能滋长自尊的办法就是采取宽大的态度。

我不与他争辩，因为我承认他是绝对正确的，我绝对错误。我迅速地、坦白地、热忱地在承认。我们各得其所，这件事就友善地结束了。

如果我们知道自己一定会遭到责备时，我们首先应该自己责备自己，这样岂不比让别人责备好得多？听自己的批评，不比忍受别人的斥责容易得多吗？如果你将别人正想要批评你的事情在他说话以前说出来，他就会采取宽厚、原谅的态度，以减轻你的错误了。

如果不小心犯了错，在别人批评之前就先检讨自己的问题，这样做并非是为了逃避批评，只是换了一种方式表达歉意。文中的警察并没有像他自己说的那样去惩罚作者，而是很有人情味地提醒作者。其实在犯错的时候，我们尤其需要尊重对方，那就坦诚一些，大大方方地承认自己的错误，很多时候，我们都会得到谅解的。当然，我们应当尽量避免犯错。

○ 孟
　娟

子 发 认 错　○佚 名

勾践命人把酒倒在江中上游，让士卒饮下游的水，虽然味道没有了多少，但战斗力却提高了五倍。

楚国的大将子发，有一次率兵和秦国打仗，几个月没有进展。慢慢粮食不够吃了，于是派人回国筹集军粮。

这个子发是孝子，他还安排使者顺便给自己家里捎一封信，给年迈的母亲道个平安。白发苍苍的老母亲见到前线来的使者，劈头就问："士兵们都还好吧？"

使者回答说："目前还过得去，虽然主食都耗完了，但还有豆子大家可以分着吃。"子发母亲又问道："你们的将军还好吧？"使者说："将军还能吃上鱼肉和大米，他心系全局，辛苦得很啊！"子发的母亲听后满脸不高兴。

不久，楚军得胜归来，子发得到楚王的重赏。他高高兴兴地回家去见母亲。可是母亲却脸色铁青地站在门外，不让他进门，并大声斥责说："我没有你这样的儿子，你不许跨进我家大门！"

子发被训斥得一头雾水，不知所措地哀求道："母亲，我得胜归来，还有什么过错吗？"

母亲严厉地说："过去做将领的，都爱兵如子，与士兵同甘共苦。越王勾践与吴国作战，有人献上一坛美酒，勾践命人把酒倒在江中上游，让士卒饮下游的水，虽然味道没有了多少，但战斗力却提高了五倍。还有一次，军中粮尽，有人献上一袋干粮，勾践又分给军士吃，虽然食物不过咽喉，而战斗力却提高了十倍。这才是他能最后打败吴国的根本原因！现今你是怎么做将领的呢？士兵只有杂粮充饥，你自己却顿顿鱼肉和精米；士兵冒着随时都会死亡的危险拼命杀敌，你却在后面享受安乐，这样下去，你必将失去人心，失败离你还会远吗？今天打个胜仗，纯属偶然，你就沾沾自喜了吗？我没有你这样的儿子，以免将来我因你而蒙羞！"

听了母亲的话，子发惭愧得泪流满面，跪在母亲的面前请求原谅。他随后下令，把楚王赐给自己的财物，全部拿出来分给士兵。后来，子发成为楚国的一个深得军心的优秀将领。

俗话说："人无完人，金无足赤。"这就是说，每个人身上多多少少都会有缺点。然而明智的人能勇敢承认自己的错误，愚蠢的人则拒绝面对自己的问题。面对错误、缺点的态度不一样，将来取得的成绩也就有差别。子发是幸运的，因为他有一个明智的母亲；子发的母亲是值得骄傲的，因为她的儿子不仅能干，而且知错就改。

勇敢地表达自己的歉意 ▶佚 名

如果因为自己的过错而使其他人或事物受到伤害，那就要主动站出来向对方表示自己真诚的歉意。

2002年1月24日，在澳大利亚的一次网球公开赛赛场上，双方的运动员正在进行一场十分关键的比赛。双方互不相让，而且都不敢有一丝一毫的放松。两位运动员的精神高度集中，在他们眼中只有手中的球拍和在空中不停飞速旋转的网球。

双方的比分不相上下，当一方领先一两分时，另一方又会拼命追赶。眼看两个人的比分在渐渐接近，场下的观众也激动地开始为各自喜欢的运动员鼓掌加油。拉拉队的呐喊声虽然可以激发他们的斗志，可是也给了他们一定的压力，两位运动员之间的比赛几乎进入到了白热化的程度。

接下来发生了一件不可思议的事情，也许是凑巧，也许是不凑巧：一只小鸟突然飞到了气氛紧张的赛场中，小鸟飞得不高也不低——恰好是网球运行的高度，而且这时恰好一位运动员刚刚用力击出对方发过来的一个球——对方发的这个球很猛，这位运动员也必须快速有力地将球送给对方，以便给对方造成压力。更加凑巧的是，这个球正好打在了娇小的小鸟身上，在网球还没有落地之前，小鸟迅速落地。

等到运动员向裁判示意暂停比赛，走到小鸟跟前的时候，小鸟已经气绝身亡。

看到小鸟因自己而死，这位运动员在观众还没有反应过来是怎么一回事之前，马上做了一件事：他在小鸟前面毫不犹豫而又非常虔诚地跪下，双手合拢，又在胸前划了个十字，向小鸟表达自己深切而又真诚的歉意。场外的观众停止了喧哗，然后向运动员报以最热烈的掌声。

世界著名的广告策划人奥格威认为，承认自己的过错很重要，而且要在受到指责之前就这样做。如果因为自己的过错而使其他人或事物受到伤害，那就要主动站出来向对方表示自己真诚的歉意。无论自己的这种过错是有意还是无意，也无论对他人或事物造成的伤害有多严重，都要如此。这是一种勇气，也是一种高尚的品质。

好习惯训练营

永远都不犯错误，这是个最美丽但也无法实现的诺言。及时承认错误，那么错误就已改了一半。就算是无心之过，也足以使我们自责、内疚，因为那已给对方带来了伤害。尽管可能无法改变结果，但积极地认错仍比为自己辩解更高尚，反映了我们良好的态度和品格。

齐婉秋

认错的勇气 佚 名

> 我们一起带你到你偷过东西的地方去,你要亲口对商店的负责人说你是一个小偷。

保安抓住了我的胳膊。"跟我走!"他吼道。把我拉进超市,然后将我推进一间办公室。他两眼瞪着我。"是你自己乖乖地交给我,还是让我动手,你看着办吧。"

我取出插在腰带上的一盒发带。我把发带交给他时,用颤抖的声音恳求道:"请不要告诉我的爸爸,行吗?"

"我要告诉警察,然后再告诉你爸爸。"

我害怕得心一揪,眼泪刷刷地流了出来,声音也变了:"请不要这样。放了我吧。我赔,我身上有钱。我才14岁。以后,我再也不偷东西了。"我坐在那儿,恐惧,哀愁,后悔。

警察将我带上了警车……好像是过了一百多年后,我听到了父亲的声音。一个女警察叫了3次我的名字,我才走出那个有铁栅栏的房间。我始终低着头。我看到了父亲的鞋子。我不敢看他,更不敢跟他讲话。我们默默地走向车子。车子启动后,父亲的眼睛一直凝视前方。不知过了多久,他终于说话了,声音悲伤,仿佛来自遥远的地方:"我的女儿……一个小偷。"

我浸泡在悔恨的泪水之中。五英里的路程仿佛没有尽头。到了家门口,我看到了母亲的身影。羞愧感让我无地自容。进了家,父母坐在起居室的沙发上，我坐在他们对面的木椅上。爸爸简短地说了3个字："为什么？"

我告诉他，第一次我偷了一支口红，当时的心情是激动与内疚参半。第二次，我偷了一本杂志，心中的激动就多于内疚了。第三次、第四次，直至第十次。我感到这些话一说出来就有如释重负的感觉。

"这才是开始。"父亲说，然后让母亲递给我一叠信笺和一支钢笔。他说："我希望你将你偷过的物品写出来，然后注上这些物品的价格以及在什么地方偷的这些东西。这是你彻底坦白并能获得我们原谅的一次机会。我们现在还一如既往地爱你，但是你的偷窃行为应该到此为止了。行吗？"

我看着他的脸，感到他好像突然苍老了许多。我说："爸爸，我保证做到。"我写完后，交给了父亲，问："你要它干什么呢？"

父亲看了看，叹了一口气，然后拍拍沙发，示意我坐在他们中间。"明天上午，我们一起带你到你偷过东西的地方去，你要亲口对商店的负责人说你是一个小偷。你要说明白你偷了什么，并请求他们的原谅，还要照价赔偿。赔款先由我替你垫付，但这是我借给你的钱，你必须利用假期打工挣钱还我。明白了吗？"虽然我心中发憷，双手沁出了细密的汗珠，但我还是点了点头。

第二天，我这样做了。当然，这让我很难为情，但是我还是做了。那年暑假，我通过打工，偿还了父亲给我垫付的钱。每次想到这件事情，我就在心中感谢父亲，在我走入歧途时，他没有打骂我，更没有纵容我，而是给了我改正恶习的勇气和战胜顽劣的力量，让我能够借他之助，及早回头。从那以后，我再也没有偷过东西。

　　成长的道路人人不同。面对成长中的沟沟坎坎，能够顺利走过当然值得庆幸，如果不小心误入歧途也不是无药可救。在这时候，如果有人能帮助我们及早回头，改正错误，就是一件特别可贵的事情。有句俗语说："浪子回头金不换。"人都是在不断改正错误的过程中成长起来的。

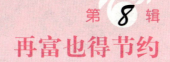

第 **8** 辑

再富也得节约

　　瑞士人常挂嘴边的一句话是："我们没有资源。有的只是一双手。靠一双手挣来的财富，当然应当好好珍惜。"这句话促使我深思：瑞士是世界上人均收入最高的国家之一，也是世界上最具有现代化水平的国家之一，但瑞士人对待金钱的心态是理智健全的，瑞士人富而节俭的美德，是一种人生的觉悟，是一种精神的升华，这一点实在值得我们好好学习。

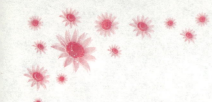

一次艰难的缺水体验  佚 名

如果我们每个人从现在就开始节约用水,那将来世界上就会有好多水了。

记者帕科·雷戈及其家人为提醒人们关注水资源缺乏问题,尝试体验了一次缺水国家人们的生活,每人每天只用10升水。

根据世界卫生组织公布的报告,一个乌干达或津巴布韦人每天的用水量就只有10升,而埃塞俄比亚情况更糟,每人每天只有3升水。因此,他们将度过真正艰难的7天,在这期间他们所有的用水全部装在56个塑料桶中,每个桶能装5升,一滴不多,一滴也不少。

艰难的生活开始了。不过对家中最小的罗伯托来说,这也许只是一次游戏。因为他年仅10岁。下午放学回家,他已经浑身是汗,像水洗过一样,再加上这些天气温突变,他得了感冒。为了不让他的病情加重,引起其他疾病,雷戈的妻子波塔尔加热了一些水放在浴缸中,让他洗澡。于是,罗伯托第一天的用水量就仅剩下2升了。

第二天早晨7点半,他们像往常一样按时起床,但似乎连他们的狗都感到了家中不正常的气氛。罗伯托站在厨房门口,嘟囔着"我再也不想像昨天那样洗澡了"。

前一天,他们用光了一天的定额,但还有一大堆衣服没洗。此时,他们想到一个好办法,那就是洗过菜的水可以浇花。他们一共有大大小小二十几盆花,一周需要浇两次水。用这样的方法,他们能节省7升半的水。为了省水,他们还决定不做油炸食品,以免清洗油腻的锅碗。

这简直就是一件苦差事。"今天我们大家都感觉有点不能忍受了。看着一大堆脏衣服,妈妈都快绝望了,"罗伯托在一张纸上写道,"小时工来打扫房间了。妈妈对她说:清洁地面时只能用一桶水,而且也不能用太多的洗涤剂。爸爸也有些累了,他总是自言自语,说希望天气不要太热,否则就有我们好受的了。我很同情非洲的小朋友,他们太可怜了,因为没有水喝,好多人都得病死去了。"雷戈跟罗伯托说,一个西班牙人一天的用水量相当于一个印度人一周的用水量。他听后没有说话。

有一天他们全家的用水量为45升,超出了5升,于是他们不得不考虑第二天怎么办。堆积如山的脏衣服再也不能等了,特别是内衣。这就意味着第二天他们只能用35升水,其中7升用来洗衣服,28升用来做饭和饮用,还得留一些用来清洁房间。至于个人卫生,暂时就用湿纸巾吧。他们总算熬过了最艰难的一天。

眼看这次艰难的缺水体验快要结束了,当再次谈论起水的珍贵时,罗伯托想起了联合国环境规划署官员克劳斯·特普费尔曾经说过的一句话,"水将是引起国家间战争的最直接因素"。

罗伯托在晚上的日记中写道:"爸爸妈妈说,将来人们都不能忍受严重缺水,因为缺水会发生许多战争。但是,如果我们每个人从现在就开始节约用水,那将来世界上就会有好多水了。明天我就去告诉我的朋友们。"

雷戈相信,他们一家会把这次体验深深地记在脑海里,将来如果再看到开着的水龙头,他们会毫不犹豫地把它拧紧。因为,他们共同有过一次难忘的缺水经历。

一次艰难的缺水体验，让平日里不懂节水的我们明白了水的珍贵。其实不光是水，我们应该珍惜身边的一切资源。古人告诫我们，不能竭泽而渔。就是说，不能为了眼前的一点点利益，看不到以后的长远利益，浪费了太多不该浪费的资源。应该节约的不仅仅是水。

陈年年

不浪费，就不会缺乏 ❯佚 名

当本拿到那副弓箭的时候，约翰说："那根绳子对你多么有用啊。我以后一定注意再不浪费任何东西。"

琼斯先生问："孩子们，如果你们没什么事情做的话，请帮我把这个包裹打开好吗？"

两个包裹看来完全一样，都用绳子绑着。本把包裹拿到桌子上来，看了看绳结，准备解开它。

约翰拿起了另一个包裹，想拽掉绳子，但绳结很紧，他只能是把绳子越拉越紧。

约翰说："人们干吗要把结打得这么紧？根本就无法打开。本，你是怎么解开绳结的？你的包裹里面是什么？我想知道我这里面有什么。把绳子弄掉就好了，我要把它割断。"

本答道："噢，不要，不要割断它，约翰！割断它太可惜了。"

约翰："得了吧！一根包装用的绳子能有什么用处？"

本："这是一根鞭绳。"

约翰："鞭绳又怎么样？只要3便士就能买两倍这么长的绳子。谁还在乎3便士？我反正不会。"

于是他拿出刀子把绳子割成了几段。

琼斯先生问："孩子们,你们已经把包裹打开了吗？"

约翰："是的,先生,包裹在这儿。"

本："这是我的包裹,先生,还有这根鞭绳在上面。"

琼斯先生："你留着它吧,本。"

本："谢谢,先生。这根鞭绳多漂亮啊！"

琼斯先生："你也可以保留你的那根绳子,约翰,如果它对你有什么用处的话。"

约翰："谢谢,先生,但是我想它对我不会有任何用处。"

琼斯先生："噢,我可不这么认为。"

几星期后,琼斯先生给了每个孩子一个陀螺。

约翰："本,这是怎么回事？陀螺没有鞭绳,这该怎么办？"

本："我有一根鞭绳。"说着他从口袋里掏出了一根绳子。

约翰："天哪！这不是那根绑包裹的绳子吗？我要是也把它保留了下来该有多好。"

几天之后,在男孩子们中间有一场射击比赛。最佳射手将获得一副非常好的弓箭。"来吧,孩子们,"马斯特·夏普说,"我就站在箭靶这儿,我要看看谁能射得比我还接近靶心。"

约翰拉开弓,射出了一支箭。箭落在了离夏普四分之一英寸的地方。

"你射偏了,"夏普说,"你必须明白比赛的规则。在你们来之前我们就已经定下了。你必须用你自己的箭射三次,不可以互相借用弓箭。你已射偏一次了。"

约翰拿起了第二支箭，"如果我有运气的话，"他说。他刚刚说完运气这个词，他的弓突然断了，箭从他的手中掉了下来。

本："这是我的弓，给你用吧。"

夏普："不，不行。这不公平。你没听到规则吗？不可以互相借用的。"

轮到本来射了。他的第一支箭射偏了。第二支和约翰射的第一支差不多。在射第三支之前，本仔细地检查了弓上的弦，就在他拉弓的时候，弓突然断了。

约翰拍着手，高兴地跳起了舞，但他突然停住了，本从自己的口袋里拿出了一根鞭绳，把它绑在了弓上。

"还是那根绳子！"约翰大声喊道。"是的，我今天放在了口袋里，因为我想我可能会需要它。"本说。

本正是靠着最后的一箭赢得了奖品。当本拿到那副弓箭的时候，约翰说："那根绳子对你多么有用啊。我以后一定注意再不浪费任何东西。"

好习惯训练营

打印过一面的纸张，礼品的包装纸，穿过的旧衣服，短得捏不住的铅笔头……很多人会觉得这些东西已经没有再使用的价值了，将其丢弃。实际上如果能想办法把他们再利用起来，会节省多少资源呢？节约是对别人劳动的尊重，也是一种值得敬佩的好习惯。

孟娟

"小气"的陶侃 ◎佚 名

> 陶侃只是告诉身边的人说:"你们看着吧,这些废物,迟早会派上大用场的。"

东晋名将陶侃(kǎn),一生屡建奇功。他曾经担任过县令、郡守、大将军,最后官拜柴桑侯,享有四千户俸禄。但是,无论陶侃的地位怎样升迁,却始终不忘"节俭"二字。

有一次,他出外游玩,看见有一个人拿着一束未成熟的稻穗,晃着在路上走,便叫手下人把那人带到他面前。陶侃语气平和地问:"你拿这稻穗有什么用处吗?"那人满不在乎地回答:"也没什么用,走在路上无聊,随手拔个稻穗把玩。"陶侃一听大怒:"你不下地劳作也就算了,还在这里以糟蹋别人的稻子为乐。来人,给我狠狠地抽他几鞭子!"不用说,这个人自然记住了这次教训。

后来,陶侃奉命去督造船只。在巡视造船工厂的时候,发现工地上乱扔了一些竹头、木屑,却无人收拾。于是,他下令手下派专人收集这些废料,并登记入库,专人保管。当时,手下人十分不解,纷纷议论陶侃,认为这么一个将军,总为这些区区小事操心,势必难成大事。陶侃听到这些议论后,既不批评,也不制止,只是告诉身边的人说:"你们看着吧,这些废物,迟早会派上大用场的。"

到了冬天,下起了大雪,道路一时间变得泥泞难走,行人走路十分不便。陶侃看到后,下令手下到库房取出存放已久的木屑,铺洒在又湿又滑的路面上。路马上变了样子,走路再也用不着担心摔跤了。众人这才知道木屑的用处。

陶侃死后,皇帝决定派桓温率领大军去进攻巴蜀,需要建造很多战船。各种材料都备齐了,可是唯独缺少钉子。有人想起了陶侃堆放在库房的竹头,于是命工匠削制成钉,解决了军中的一个大难题。这时,再也没人说陶侃"小气"了。

好习惯训练营

成大事者往往注重节俭,不会忽视日常碰到的细微事物,总能让"意外"所得的东西发挥最大功效。这并不是他们的运气特别好,也不是上天对他们有独特的恩赐,而是节俭给了他们更多的机会。

〇 齐婉秋

范家门风 〇佚 名

范家几十年来,以节俭自守,以奢侈为耻。用罗绮做幔帐,岂不坏了我范家的家风?

范仲淹,字希文,出生在苏州吴县一个贫苦的家庭。早年清贫的生活,使他养成了节俭朴素的良好习惯。后来入朝做大官后,所得的俸禄,往往用来接济穷人,而自己的子侄,却不得不轮流换穿好一点的衣服出门做客。

这年秋天,范仲淹的二儿子范纯仁将要举行结婚大礼。范纯仁深知父亲的风节和家规,对操办隆重、奢华的婚礼,自然不敢妄想。

纯仁暗暗考虑："成家立业乃人生大事,总得购置些衣服、家什。只买些简单的用品,自然会得到父亲的赞许,但新婚妻子及岳父那边却不好交代;买些稍好点的,妻子、岳父那里自然高兴,但父亲的家规却不好通过……"想来想去,范纯仁最后决定:只买一两件稍贵重的物品,父亲、妻子两边都能通过。于是,纯仁将要购买的物品列出清单,壮着胆子交给了父亲。

谁料范仲淹接过清单一看,立刻板起了面孔,大声说:"纯仁,你要购买的那两件贵重之物,到底是什么打算? 婚姻自然是人生的大事,但是,它与节俭有什么矛盾? 又怎么可以借口'人生大事'而去奢侈浪费呢?"

一番话说得范纯仁满面羞愧。他低下头,鼓起勇气,向父亲喃喃地说道:"范家节俭的家风,孩儿自幼熟知。购买奢华贵重用品,儿子知错。可是有件事孩儿在心中苦恼多时,今日如实禀告父亲大人。这些天来,新人想以罗绮做幔帐,孩儿知道这不合范家家风,不敢答应,可她父母又出面提出,孩子碍于他们的情面,没敢再坚持不买。"

范仲淹一听,立刻大怒,指着范纯仁说道:"范家几十年来,以节俭自守,以奢侈为耻。用罗绮做幔帐,岂不坏了我范家的家风? 情面事小,家风事大。你可以告诉他们,如果坚持以罗绮为幔,那我范仲淹就把它拿到院子里烧掉!"

由于范仲淹的坚持,范纯仁的结婚大礼办得十分简朴,既没购买什么贵重奢侈的物品,也没有举办隆重奢华的婚礼。

范仲淹是北宋著名的文学家，身居高位，俸禄优厚，可是他却生活得十分清苦。他不仅自己坚持勤俭节约的好习惯，还要求自己的子侄也保持节俭，就连儿子的终身大事也不能例外。而他的俸禄全都用来救济了穷人。和那些挥金如土的人比较起来，金钱在他那里得到了最好的利用。

陈年年

再富也得节约 祁洋波

我们没有资源。有的只是一双手。靠一双手挣来的财富，当然应当好好珍惜。

我的朋友双喜在瑞士留学，有一个家住苏黎世的同学，名叫德梅隆，俩人很谈得来。德梅隆对双喜这个身处异国他乡的"中国老外"很是关照。

有一次，德梅隆的父母请双喜到他们家做客。瑞士人招待客人的饭菜与中国人招待客人的饭菜相比，绝对是小巫见大巫。往往只有冷盘、汤、主菜、甜食。如果主人上两道热菜，那就是超规格的招待了。瑞士人家里上冷盘时，通常会上烤面包，那是用来蘸着吃盘子里边剩下的菜汤的。不要以为主人看到客人用面包去蘸菜汤会觉得招待不周、太没面子，相反，主人会很高兴，因为主人自己也拿着面包在蘸菜汤呢。瑞士人吃饭讲究节俭不浪费，即使有客人来时也不打破这个规矩。

双喜还曾经在一家高档的餐厅看到一位衣着考究的男士。一不小心将手里的一块点心掉在地上。这位男士离开座位捡起点心，然后毫不迟疑地将点心塞到嘴里。当瑞士人做出这种种节俭的举动时，没有作秀的成分，更没有丝毫的羞涩感觉，而是堂堂正正、大大方方。

瑞士举国上下的节俭之风是有渊源的。瑞士是一个自然资源匮乏的内陆农业小国，最近百余年来才发达起来，早先的瑞士人是穷得叮当响，许多人迫于生计，被迫去当雇佣军，为了一口饭吃，去替列强们冲锋陷阵充当炮灰。但是现在的瑞士，已经连续多年被世界银行列为世界首富，人均国民收入达4万美金。瑞士人今天是富足了，但是这是瑞士几代人甚至十几代人艰苦奋斗的结果，不仅靠聪明才智，更是靠一点一滴节省下来的。可贵的是瑞士人没有在富裕起来的时候忘记过去和历史，他们没有被兜儿里边的钱冲昏头脑，没有忘乎所以，没有穷奢极欲、挥霍浪费。

瑞士是富国，但瑞士人的消费观念是重实用，不奢华，讲究精打细算。瑞士的汽车普及率极高，平均约两人就有一部，但瑞士街道上行驶的汽车都以小排量汽车为主，小型车超过50％，其中不少是两门小型车。因为，小型车的油耗、保养和保险等费用相对较低，小型车成为节俭的瑞士人的首选。值得一提的是，即使是百万亿万富翁，也从不夸财显富，没人为了表现自己有钱而摆阔。所以，你在瑞士街头随处碰见的身着普通衣服散步的人，在超级市场里仔细挑选价廉物美商品的人，极有可能就是身家亿万的富翁。

瑞士人常挂嘴边的一句话是："我们没有资源。有的只是一双手。靠一双手挣来的财富，当然应当好好珍惜。"这句话促使我深思：瑞士是世界上人均收入最高的国家之一，也是世界上最具有现代化水平的国家之一，但瑞士人对待金钱的心态是理智健全的，瑞士人富而节俭的美德,是一种人生的觉悟,是一种精神的升华,这一点实在值得我们好好学习。

 好习惯训练营

富有不是抛弃节俭的理由,它们应当成为"好朋友",相伴在我们身边,以使我们受益一生。大多数人的富有,都是通过努力得来的,而节俭是使其维持更长时间的有效方式。越是富足的人,越懂得节俭的重要,因为那才是天然的财富。

齐婉秋

节俭中积累的财富　○佚　名

现在报告剩余912个,那么其他的680个塞子哪里去了?

19世纪靠石油发大财的人成千上万,最后却只有洛克菲勒独领风骚,其成功绝非偶然。有关专家在分析他的致富之道时发现,精打细算是他取得成功的主要原因。

洛克菲勒踏入社会后的第一个工作,是在一家名为休威·泰德的公司当簿记员。由于他在该公司勤恳、认真、严谨,不仅把本职工作做得井井有条,还几次在送交商行的单据上查出了错漏之处,为公司节省了数笔可观的支出,因此深得老板赏识。

后来,洛克菲勒在自己的公司中,更是注重成本的节约,提炼一加仑原油的成本也要计算到小数点后第3位。为此,他每天早上一上班,就要求公司各部门将一份有关净值的报表送上来。经过多年的商业洗礼,洛克菲勒能够准确地查阅报上来的成本开支、销售以及损益等各项数字,并能从中发现问题,以此来考核每个部门的工作。

1879年,他质问一个炼油厂的经理:"为什么你们提炼一加仑原油要花1分8厘2毫,而东部的一个炼油厂干同样的工作只要9厘1毫?"就连价值极微的油桶塞子他也不放过,他曾写过这样的信:"上个月你厂汇报手头有1119个塞子,本月初送去你厂10000个,本月你厂使用9527个,而现在报告剩余912个,那么其他的680个塞子哪里去了?"洞察细微,刨根究底,不容你打半个马虎眼。正如后人对他的评价:洛克菲勒是统计分析、成本会计和单位计价的先驱,是今天大企业的"一块拱顶石"。

好习惯训练营

　　财富来源于对每一分金钱的珍惜。不论我们是在生活中,还是在将来的工作中,都让我们从身边的每个点滴做起吧。让勤俭节约成为我们的习惯,才能成为最后的胜利者。

陈年年

节俭的乐趣 ▸流 沙

　　这人就是一家企业的老总,那菜贩子呆了:"原来,这里的老板这么抠门啊。"

　　公园里有座山,山下有眼泉,经常有人在取水。有天早晨,我登山下来,遇到一位旧同事,他拿着一个桶,三四把塑料壶正在接水。

我十分诧异。我一直认为到这里取水的应该是一些对日子精打细算的市民,而这位旧同事,家住豪宅,自己开着一辆价值三十万的丰田车,应该是城里的富人了。

　　我站那儿和他聊了一会儿天,他丝毫没有尴尬之色。我问了他一句:"开着高档小车来接水,恐怕全城只有你一个人了。"他笑着说:"接一桶水,就是10元钱。还可以来呼吸一下这里的新鲜空气,感觉很好。"

　　他十分快乐。

　　这已不能用钱来衡量了。我知道这位旧同事发迹之前,一直过着苦日子,大家都知道,那种苦日子是怎样过来的。难能可贵的是,他仍然保持着节俭,而且对节省一点对他微不足道的钱而感到快乐。

　　我还听到一个故事。我所在的城里有一位企业家,应该有近亿资产了,他有一个爱好,喜欢帮老婆买菜,只要公司没有什么事,他一般会固定到一个农贸市场去买菜。一次,他跟一个菜贩子为了一根黄瓜讨价还价了半天,最后,他终于以市场最低价买走了黄瓜。后来有人告诉那菜贩子,这人就是一家企业的老总,那菜贩子呆了:"原来,这里的老板这么抠门啊。"

　　其实,这位老板并不抠门,对于金钱大方得很。慈善捐款、社会公益事业、员工福利,都十分舍得。我想他的乐趣在于从节俭中得到了快乐,这种快乐与公司赢利几百万、几千万是一样的。

　　这位老总所在公司的员工还说起老总的一些趣事。老总前些年买了一辆宝马,价值160多万。因为老总的住处与公司较近,他天天上班走路,老总说他每天节省油费5元钱。那宝马停在公司车库里太久,积满了灰尘,轮胎也没气了,拉到4S店去修,修理费花了五千元。

　　公司没敢把这事告诉老总,不是怕他心疼,就是怕破坏了老总那种天天节俭5元油费的快乐。

 好习惯训练营

　　节俭是一生中受用不尽的美德,节俭本身就是一个大财源。也许现在的我们不再需要在平日里节衣缩食,但这并不是说,我们就可以不节俭,可以浪费。节俭不仅是一个人生活的小习惯,更是帮助我们获得成功人生的大品质。

齐婉秋

崇尚节约的萨姆·沃尔顿　佚 名

　　萨姆·沃尔顿用自己的实际行动告诉我们"节俭"这个词语的真正内涵。

　　萨姆·沃尔顿的经营之道很值得效法。

　　萨姆·沃尔顿说:"我从很小起就知道,用自己的双手挣取一美元是多么艰辛,而且也体会到,当你这样做了,这是值得的。有一件事我和爸爸妈妈的看法一致,即对钱的态度:绝不乱花一分钱!"

　　萨姆的节俭确实是出了名的。有亿万家财的他却驾着一辆老旧的货车;戴着印有沃尔玛标志的棒球帽;去小镇街角的理发店理发;在自家的折扣百货店购买便宜的日常用品;公务外出时,总是尽可能与他人共住一个房间,而旅馆多为中档的;外出就餐,也只去家庭式小餐馆……

　　人们无法理解他为何如此保守,他们对萨姆作为一个亿万富豪开着一辆破旧的小货运车或在沃尔玛商店买衣服或不肯乘头等舱

旅行大惑不解。

这只能从萨姆的成长经历中去寻找原因。

萨姆·沃尔顿出生在美国中西部小镇普通农民家庭,成长于大萧条时期,这一切造就了他这种努力工作和节俭朴素的生活方式。

"我们就是这样长大的。当有一枚一便士硬币丢在街上时,有多少人会走过去把它捡起来? 我打赌我会,而我知道萨姆也会。"沃尔玛公司的一位经理这样说道。

因为萨姆从小就体会到了每一分钱的价值,他亦深知沃尔玛的每一分钱都是辛苦赚来的,因此,他始终保持相当简朴的生活,与一般中等收入家庭的水准没有太大差别。他坦言,并不指望自己的子孙将来为上学去打工,如果他们有追求奢侈生活而不努力工作的想法,即使百年之后,他也会从地底下爬出来找他们算账,所以,"他们最好现在就打消追求奢侈生活的念头。"

在很早的时候,萨姆的节俭就非常出名了。有一次,一名员工被萨姆派去租车,很快萨姆又叫他退租,原因很简单,因为他不愿租用任何一种比小型汽车更大的汽车。这位员工进一步解释了萨姆的这一行为:不愿意让人看见他用的东西比他属下的人使用的更好,不会住在比他属下人所住的更好的旅馆里,不到昂贵的饭店进食,也不会去开名牌昂贵的汽车。

萨姆搭乘飞机时,也只买二等舱。有一次萨姆要去南美,下属只买到了头等舱票,结果他很不高兴,但是也不得不去,因为这是最后一张票了。他的助手说:"这是我知道的他唯一一次坐头等舱的经历。"

萨姆在自传中写道:

"当我已在世界上崭露头角,准备做出自己的一番事业时,我早已对一美元的价值怀有一种强烈的、根深蒂固的珍重态度。"

这就是萨姆绝不浪费每一美元的内涵。

好习惯训练营

日子过得紧巴巴的时候，节约是很容易做到的，因为你没有选择；难的是拥有亿万之财却依然能保持节俭的好习惯。萨姆·沃尔顿用自己的实际行动告诉我们"节俭"这个词语的真正内涵。富裕不是浪费的理由，只有节约每一分钱，才能汇聚更多的财富，才能把财富用在真正需要的地方，才是真正懂得珍惜财富的人。

第 **8** 辑 再富也得节约

孟娟

　　节俭的美德，是一种人生的觉悟，
是一种精神的升华。

第 **9** 辑

孝心不需要任何理由

　　父母对子女的爱从来不会减弱，他们惦记最多的是自己的子女；他们对于子女的爱也总是一如既往，丝毫不会动摇。古人言：百善孝为先。乌鸦尚知反哺，为人子女者，应当切记及时行孝，不要等到"子欲养而亲不待"时才追悔莫及。

洗洗手再回家 ○纪云梅

如果有可能的话,洗洗手再回家,让妈妈看到你的笑,看到你的好。

我的一个老乡在一个私人老板的机床厂打工,每次见着他,都是一手的黑油灰。他说:"特别难洗。但我只要回家见老娘,都是洗干净了再回去的。"

我让他解释一下原因。他说他的妈妈只知道他在县城打工,但不知道他有多苦。他每天要上16个小时的班,做的也全是重体力活。每个月回家的时候,他年迈的母亲总是要拉着他的手问:"孩子,你做的啥活? 苦不苦?"

第一次回家时,他对妈妈说:"我做的活舒服着呢!就替人接接报纸看看大门,工资1000多块。"妈妈高兴地拉住了他的手,然而笑容立刻僵在了脸上:"儿啊,你骗妈!你这手不是做舒服事的呢!"他连忙抽回手安慰母亲:"我刚开始时做过苦活,后来别人又替我介绍了现在的工作。"

从此以后,他只要回家便极其耐心地洗手。满手的油污很不容易洗,他便用84消毒液在水里泡。后来发现每次洗完衣服手要干净许多时,逢着回家,他便揽过宿舍里的几个工友的衣服一起洗。一桶衣服洗完了又洗一桶,反反复复,手果然白净了许多。再交钱给妈妈时,妈妈在他的手上也看不出什么吃苦的痕迹了。

我的这个老乡是一个粗线条的人，很土气很俗气，书也读得极少。但因为他的这份孝心，每次见着他，我总是对他非常尊重。

崔永元的《不过如此》中说他的同事时间有一次把头发染得乌黑油亮，崔永元问他为何要染发，时间哎了一声："老娘要来了，不想让她看到我的白发操心。"

孝顺是不分贫贱，不分身份的。最底层的一个打工者会为了母亲去洗手，中央电视台的一个领导也会为了母亲去染发。因为这个原因，身份低微者在别人眼中立刻就崇高伟大起来，高不可及的人物也亲近平和起来。所以，如果有可能的话，洗洗手再回家，让妈妈看到你的笑，看到你的好。

好习惯训练营

　　每个人的生命都是父母给予的，没有父母，就没有我们。在家里，我们享用父母无微不至的关爱，出门在外，我们令父母牵肠挂肚。作为子女，理应回报父母为我们付出的心血，虽然我们的孝心不足以报答父母的关爱，至少，让我们把父母装在心里，让父母少为我们担心吧。

孟娟

孝心不需要任何理由　庄鸿江

父母对子女的爱从来不会减弱，即使有病在身或者患病在床，他们惦记最多的还是自己的子女。

朋友小昭告诉我，他母亲因精神分裂住进了精神病医院，出院以后她在众多的子子孙孙中，仅记得最小的儿子小昭。自然她要和这个小儿子住在一起。

惊愕之余，不免替小昭担心起来，他已经三十好几了还没有女朋友呢！他母亲的病还没有彻底痊愈，加上工作单位离家挺远的，生活上有许多不便。不过小昭仍然坚持和母亲住在一起。因为患病的母亲，小昭的女友吹了一个又一个。

去年五一劳动节，早已步入大龄青年之列的小昭，在热心人的撮合下，谈了一个女朋友。女朋友第一次上门，小昭准备了许多蜜糖、瓜果、甜点。他母亲见有生客，走了出来，脸上挂满笑容，紧挨着自己的儿子坐下。看到满桌的东西，她以一种极奇怪的眼神，扫了一下桌面，然后"勇猛"地冲回房间拿出一个塑料袋再挨着儿子坐下，随后偷偷地伸出手，极小心地将桌上的果品、甜点一样拿一点儿放在袋子里，如此反复多次，像小孩子一样。她装完袋子，硬拉起小昭，走到客厅的拐角，拿出一样样东西，对小昭说："吃，快吃，吃了就长得更高了，学习也会更好的，给妈考个大学回来啊！"女友大惊失色，拉开门飞也似的跑了。看着母亲这样，小昭急得眼眶里都是泪。一场好事就这样黄了。

每次小昭讲起这件事，他的眼眶里总滚动着泪水，我相信那是感动的泪。小昭告诉我，小时候家里穷，自己长得非常瘦小，只有家里来了特殊的客人，或别人家有婚宴，才有好东西吃。母亲总是以这种方式偷偷塞一些东西给自己吃，作为对自己在学习上取得好成绩的犒赏。

以后还有不少热心人给小昭介绍了女朋友，不过每一次和新朋友约会，小昭总会动情地为她们讲述这件事，总会和她们讲起自己患病的母亲。他的心中总有一个信念：先得能接受母亲，再谈自己。想起一位今年已经65岁的老同事，每个星期回家，他都要特地骑车到离单位很远的一个饭馆里,给88岁高龄的母亲买她最喜欢吃的扣肉。他母亲也总会在家里为他准备一碗面条,即使生病了,在他回家这一天,他母亲都会起床,为儿子煮一碗汤面,几十年如一日。

人同此心。听这些故事的时候,我的眼睛是湿润的。父母对子女的爱从来不会减弱,即使有病在身或者患病在床,他们惦记最多的还是自己的子女;他们对于子女的爱也总是一如既往,丝毫不会动摇。古人言:百善孝为先。乌鸦尚知反哺,为人子女者,应当切记及时行孝,不要等到"子欲养而亲不待"时才追悔莫及。

好习惯训练营

　　世上任何事情皆有变数,唯有父母之爱与日月同光,与天地同寿。自降生的那一刻起,我们的冷暖安危就时刻牵挂在父母心上。为人子女,更应善待父母,多一分倾听、多一分耐心、多一分尊重、多一分关爱,这就是对养育之恩的最好回报。

　　　　　　　　　　　　　　　　　　　　齐婉秋

孝顺成就未来　◇佚　名

　　读完小学以后,小加缪一边读书,一边劳动。为了帮助妈妈减轻负担,小加缪坚持过来了。

　　阿尔贝·加缪是法国当代著名的小说家和哲学家,也是1957年诺贝尔文学奖获得者,他在文学和哲学领域取得了不凡的成就。除此之外,也许很多人还不知道,他从小就是一个十分孝顺的孩子。

　　他出生于一个贫苦的家庭。在他还不怎么懂事的时候,他父亲就在战场上牺牲了,只剩下母亲与他相依为命。因为家里没有固定收入,所以小加缪和妈妈生活得特别艰难。为了不让儿子在同伴中感到自卑,在小加缪到了上学年龄以后,妈妈毫不犹豫地把他送到学校读书了。可是,懂事的小加缪很快就发现,因为上学又增加了学费和其他一些花销,妈妈肩上的担子更重了。

为了儿子,妈妈努力地工作着,每天都拖着疲惫的身体干这干那,由于常常熬夜,才30多岁的人,脸上就已经早早地爬满了皱纹。懂事的小加缪看在眼里,疼在心里。一天晚上,加缪伏在一盏小煤油灯下复习功课,写完作业后,他看见妈妈还在忙碌,自己又帮不上忙,就早早地上床睡觉了。

半夜里,加缪忽然被一阵咳嗽声惊醒了,睁开眼睛一看,原来妈妈还没有睡,她正借着微弱的灯光缝补衣服呢。小加缪再也忍不住了,他一骨碌从被子里爬起来,对妈妈说道:"妈妈,我以后再也不能让你这么辛苦了。你看,我已经长大了,是个小男子汉了,你就让我去找点活儿干,帮你减轻一下家里的负担吧!"

儿子善解人意的话,使妈妈的眼睛湿润了。她把小加缪紧紧地搂在怀里,泪水顺着面颊流了下来。

"妈妈,难道我说错了吗?你为什么哭了?"小加缪有些不知所措地说。

"好孩子,你没有说错。可是你现在还太小了,妈妈怎么舍得让你去干活儿呢?你现在需要的是好好学习,只有快快长大,并且取得了优异的成绩,才能帮助妈妈减轻负担呀。"妈妈抚摸着加缪的头轻轻地说。

听了妈妈的话,小加缪认真地点了点头。从那以后,他学习更认真了。但是,无论妈妈怎么坚持、怎么努力,他们家的生活却是越来越困难了。读完小学以后,小加缪再也不忍心让妈妈一个人日夜操劳了,在他的一再央求下,妈妈终于答应了他的要求,让他去做些事情,帮助家里减轻负担,但前提条件是不能耽误自己的学习。

此后,小加缪一边读书,一边劳动。刚开始的时候,他找到了一份扫大街的工作。对小加缪来说,这份工作无疑是份苦差事。加缪每天很早就起床,然后拿着几乎跟他一样高的扫帚去扫大街。人小,扫的地方又大,小加缪常常累得满头大汗。

为了帮助妈妈减轻负担,小加缪坚持过来了。之后,小加缪又到一个饭馆去洗碗。这个工作和扫大街的工作比起来更辛苦,加缪和几个小伙计每天都拼命干活,还常常不能按时洗完那些小山一样高的碗碟。

艰难的生活使他经受了磨炼,也让他培养了刻苦勤奋的优良品格。后来,通过不懈的努力,他考取了大学,并最终获得了诺贝尔文学奖,成为举世瞩目的大文学家。

好习惯训练营

加缪是著名的小说家和哲学家,他的成就让我们钦佩;而他从小对母亲的孝心却让我们觉得温暖,觉得他不只是生活在异国他乡的一位作家,更像是我们身边的一位朋友,优秀的品质是人类共通的。父母对孩子的爱是无私的,不求回报,而孩子对父母的孝心则像水晶一样透明美丽。

孟娟

芦衣顺母  ▶佚名

闵子骞爱自己的父亲，并且用孝心感动了心胸狭窄的后妈。

孔子的学生闵子骞很小的时候便失去了母亲，父亲为他找了个后妈。后妈起初对他挺不错。但后妈连生了两个儿子后，小子骞的日子就越来越不好过了。后妈把好饭食、好衣服都留给弟弟们，小子骞不但吃不好，穿不好，而且还经常饿肚子。

小子骞很懂事，从不把这些事告诉长年在外干活的父亲，他怕父亲分心，更怕父母不和。

有一次，父子四人去走亲戚。父亲坐在车子上，让弟兄三人拉着。当时天寒地冻，寒风刺骨。走了一段路后，两个弟弟身上暖和起来，又走了两里路，两个弟弟便头冒热气，脸上沁出了细密的汗珠，而小子骞不但没出汗，而且还不停地哈手取暖，嘴唇不停地哆嗦。父亲问小子骞是不是不舒服，闵子骞说没有不舒服。父亲生气了，他认为肯定是小子骞耍滑偷懒。子骞年长，理应比弟弟们能干才对。父亲责怪小子骞："同样拉车赶路，为什么你弟弟们都出汗了，你还冷得发抖呢？"

小子骞看了看父亲，欲言又止，然后低下头只是不吭声。父亲发火了，他拿起鞭子向小子骞身上抽去。谁知，这一鞭抽的太重了，小子骞棉袄里的芦花飞了出来，他父亲一看惊呆了。他把儿子紧紧地抱在怀里，动情地说："孩子，你为什么不早告诉父亲呢？父亲苦

了你啊！"

原来,后妈给弟弟们的棉袄里絮的是新棉花,又柔软,又暖和,冷风也吹不透;而给小子骞的棉袄里絮的却是芦花,冷风一吹透骨凉,也难怪子骞冻得发抖了。

父亲当即转回家去,把妻子叫到跟前,指着子骞的破芦花棉衣说:"这是你该干的事吗？你这坏心肠的女人,不能好好对待孩子,我要你有什么用呢？你还是回你娘家去吧！"

子骞的后妈赶紧向丈夫承认了错误,说今后一定要善待子骞,请求丈夫不要赶她走。可是,子骞的父亲盛怒之下毫不容情。

子骞一看,心中十分不安,他跪在地上哀求父亲说:"父亲,母亲在您身边,只我一个人受冻,您要是让母亲走,那我们弟兄三人都得受冻,请父亲为我们弟兄三个着想,让母亲留下吧。"

父亲气得发抖,一声不吭,根本没有原谅妻子的意思,子骞哭拜在父亲面前:"母亲要离开家门,都是子骞造成的,父亲不愿意原谅母亲,都是子骞不好,子骞向父亲请罪了。"两个弟弟也赶紧跟着跪下来。

父亲这才原谅了妻子。后妈满面羞愧,知道自己对不起子骞,连连道歉,并发誓说:"今后我一定改过,公平对待几个儿子。"

从这以后,子骞的后妈受了宽厚善良的闵子骞的感动,觉得子骞懂事,她待闵子骞比亲生儿子还好。闵子骞更加热爱自己的父亲,孝敬后母,两个弟弟也非常敬重哥哥,一家人过着和和美美的日子。

好习惯训练营

闵子骞爱自己的父亲,并且用孝心感动了心胸狭窄的后妈,一家人开始了和和美美的日子。爱我们的父母,才有可能去爱更多的人。热爱父母,热爱我们的家,让家庭中的每个人都快快乐乐的,这也是我们的责任哦。

齐婉秋

孝心是一根铁丝 ❯ 王雪涛

有时,孝心就在不经意间的细节里,就是一根不起眼的铁丝。

办公室在一楼,楼北边就是单位的家属区,人来人往。当工作累了的时候,我便停下来看看同事们的小菜园,瞅瞅玩耍的孩子们,也不失为一种乐趣。尤其是同事小侯门口的菜园,被他和爱人侍弄得青山绿水的,招人喜爱。

当然,我喜欢他的菜园还有一个原因,就是那里有两棵香椿树,春天里我常向他讨香椿芽吃。

一天,不经意间发现楼后的两棵香椿树间拉起了一根细铁丝,有大人肩膀高,不知道是做什么用的。闲来无事,我开始猜测它的用处。

防止小孩进入菜园的? 可是也太高了。

晒被子的? 又很快被我否定了,因为离办公楼这么近,根本没有阳光。

让豆角等藤蔓植物攀爬的? 可现在也太早了。

我实在想不出是干什么用的,后来干脆不想了。

有一天,我停下备课,揉揉酸痛的眼睛,习惯性地往楼后望去,眼前的一幕让我恍然大悟:小侯双目失明的父亲正一手拄拐杖,一手摸索着铁丝散步。

　　我这才想起,小侯的母亲去世早,是父亲一个人把他拉扯大的。由于得了一场大病,父亲双目失明了。工作后,他怕父亲一个人在农村老家生活不方便,就把父亲接过来一起住。而这时小侯的爱人已怀孕几个月了,他一个人既要照顾妻子,又要照顾失明的老父亲,还要上班,真够他忙的。

　　因为是半路失明,小侯的父亲不像先天失明的人活动那么灵便,有一次想出门散心的父亲被绊倒在地,幸亏无大碍。

　　从那以后,老人没事一般不出门,只在小院里静坐,晒晒太阳,听听戏曲。但小侯怕父亲寂寞,久坐对身体不好,而自己又不能经常陪父亲,便在门口的香椿树上系了一根铁丝,把地弄干净、平整,让父亲扶着铁丝散步解闷,也锻炼了身体,老人一副很满足、惬意的样子。

　　这的确是一个好主意,老人再也没有摔倒过。

　　有时,孝心就在不经意间的细节里,就是一根不起眼的铁丝。

好习惯训练营

　　孝顺不在于我们做了什么惊天动地的大事来回报父母,它往往体现在一些看似不起眼的小事里。还未长大的我们也许不能分担爸爸妈妈的生活重担,但一杯热香的茶、一句温暖的话、一次认真的按摩肩膀,都是我们孝顺的表达。只要有一颗孝顺的心,我们就一定能为父母做些什么。

孟娟

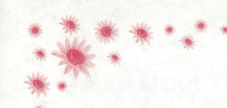

痛楚的孝心 ◎牟方根

等女儿醒了,我会把信读给她听,叫她牢记自己是乡下人的孙女儿,有着纯朴善良的乡下亲戚。

我兴冲冲地赶回乡下老家,是为接父母进城。父亲和母亲为了供我上大学,吃够了苦,不到60岁便两鬓花白,额头布满皱纹,手面青筋暴突,脊背微驼。如今,我不但如愿拥有了高收入的工作,而且新添置了三室一厅的住房,应当尽孝道。

到达城里已是黄昏,父母心慌,没换拖鞋便闯进了屋,两双"解放"牌胶鞋在乳白色的地板砖上留下清晰的印迹。妻子自然不悦,用不友善的声腔提醒道:"进屋要换鞋!莫像你们在农村那样不爱干净!鞋柜上那两双拖鞋,是专门为你们准备的。"父母很尴尬,赶紧折身回去换鞋:"要得!要得!我们乡下人随便惯了,不懂城里的规矩。"

晚上我准备了一桌丰盛的晚宴为父母接风。不料,麻烦来了。妻子讲卫生,在家吃饭要用公筷,吃了几十年"同甘共苦饭"的父母适应吗?明说怕父母伤心,不说妻子不高兴,我只好见机行事。吃饭时,在我的"劝菜"声中,父母一脸幸福,但就是对我一而再、再而三地使用公筷的示范动作视而不见,他们用"私筷"在桌上东拨西夹。妻子忍不住再次发作:"爸、妈,要讲究卫生!"父母伸向菜碗中的筷子猛然打住了,怔了一会儿,迅速收回"私筷",冲着儿媳妇勉强挤出一丝笑容,换上了公筷。吃着吃着,父母又忘记了"吃规",等他们想起,又相当难堪……这餐接风宴,父母吃得很不开心。

第三天是周末,妻子的一个老同学邀请我们全家人去飞机场春游。父母一生只在电视上看过飞机,从未亲眼目睹过现实中的飞机,更谈不上坐过飞机了,见有这种机会,当然想去。我也有带父母一起去见见世面、开开眼界的意思。不料妻子坚决不愿意:"我同学那么有身份,你爸妈去会给我出洋相的。"于是我和妻子发生了结婚以来的第一次争执。妻子争执不过,哭哭啼啼就跑回了娘家。春游之请自然告吹。

妻子这一赌气,负责接送女儿上幼儿园的差事,只好落到了父母身上。上午去送时,女儿倒乖巧,心安理得地要爷爷奶奶送。下午去接,情形就变了。女儿坚决不让"乡巴佬"爷爷奶奶再接送她,说是怕小朋友们笑话。我气得打了女儿一耳光,女儿号啕大哭,脸上留下了清晰的指印。父亲心疼孙女,操起一根木棒朝我身上打,直到母亲制止,父亲才松手。

次日清晨,我一觉醒来,看到父母的房间空荡荡的,书桌上留了一张纸条:"根儿:爸妈回乡下了,我们来城里一个多星期,给你们添了太多的麻烦,搅乱了你们平静的生活。看到你们不开心,爸妈心里也揪得疼啊。爸妈生来就是种田的命,趁现在还能劳动,还是回乡下去,生活是完全没有问题的。你们有空闲的话就回来看看。你们买房子和装修房子,肯定欠了债吧,爸妈帮不上大忙,书案抽屉中留下5000元,爸妈攒了好几年,你们拿去用。祝你们相亲相爱,孙女健康成长!"

读着这张纸条,我不禁潸然泪下。想必妻子看了这样的信,也会忏悔。等女儿醒了,我会把信读给她听,叫她牢记自己是乡下人的孙女儿,有着纯朴善良的乡下亲戚。

幼小的时候，父母的怀抱是我们最温暖的港湾，为我们遮风挡雨；受了伤害，受了委屈，我们能想到的第一个倾诉对象就是父母。为了我们的成长，父母倾注了多少心血，可是他们从来不求任何回报，真是"可怜天下父母心"啊。有一天，当父母年迈了，再也无力照顾我们的时候，哪怕我们只是静静地陪在他们身边，陪他们说说话，他们也就心满意足了。

传递孝心 ◎邢国铭

> 已经习惯给奶奶洗脚的儿子，有一天竟然对我们说：爸、妈，让我给你们洗一次脚吧？

每当我想念母亲，同时也想孝敬母亲一些零花钱的时候，我就对儿子说，孩子，替爸爸回老家一趟吧？

母亲生活在农村老家，离我在的省城300来里路。

父亲过世早。两个哥哥早已分家另过；一个妹妹出嫁在邻村；一个妹妹在上海做生意。母亲70多岁了，身子骨还算硬朗，执意不跟任何人，单独过日子；吃的是哥哥们地里种的粮食。至于零花钱，全凭儿女们的心意，想给就给，想给多少就给多少。母亲不要，兄弟姊妹之间也没计较。

记得第一次，儿子才刚刚十二三岁。儿子说，我不知道怎么乘车转车啊。我说，我送你到车站，再交代司机，告诉你在哪里下车转车。如此大费周折，儿子不理解，反问我，你想给奶奶送钱花，为什么不自己回家呢？我笑而不答。心里说，我就是要培养你的独立能力和对长辈的孝心呢。

有时候，我也把母亲接到城里来住。晚上，我给母亲洗脚的时候，只要儿子没事，我都会把儿子叫到身边说话。目的是想让儿子看看父亲是如何对待自己的母亲的。有一次，我突然说，儿子，来，给奶奶洗洗脚。母亲说，要不我自己洗吧，别难为孩子了。人高马大的儿子也可能是嫌脏，也可能是难为情，脸红着，一动不动。

我说，你小时候，我和奶奶经常抱你，给你刮屎擦尿，我们怎么没有嫌脏呢？现在奶奶老了，让你洗洗脚你都不愿做，那我们将来还指望你有什么孝心啊？

儿子开始没说话，后来突然蹲下来，给奶奶洗起脚来。我和妻子还有母亲3个人，偷偷地相互看一眼，无声地笑了。

后来，母亲回老家了。已经习惯给奶奶洗脚的儿子，有一天竟然对我们说：爸、妈，让我给你们洗一次脚吧？我和妻子都愣了一下，然后答应了。儿子给我们洗脚的时候，我们高兴得合不拢嘴，忍不住一再夸儿子：儿子真孝顺！儿子洗脚真舒服啊！

如果自己没孝心，将来怎么要求儿女对自己孝顺呢？

好习惯训练营

我们都是父母的孩子，也都将会成为孩子的父母。在日常生活中，在点滴成长中学着孝顺、体贴自己的父母、长辈，让自己养成孝顺亲长的优秀品德。随着岁月的流逝，我们才会将传承了几千年的中华美德更加自然、更加闪耀地传承下去。

陈年年

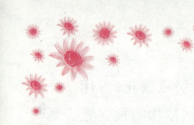

爱有多少是习惯　吉　安

父亲那一个被他粗暴打断的习惯里,其实蕴蓄了
怎样的怜爱与温柔。

他犹记得16岁那年的春天,他在学校里得了奖,几个同学嘻嘻
哈哈地让他请客。他是个好面子的男生,经不住几句劝说,便点头
答应下来。中午放了学,一行人刚刚走出校门,他便看到父亲,汗流
浃背地朝他走过来。他想躲,但一个同学却是眼尖,说:"你爸来看
你了!"他只好硬着头皮迎上去,叫声"爸",便低头盯着父亲坏了一
个小洞的布鞋,再找不到话说。

父亲却是开心得很,不断地问东问西,又很响亮地喊着他的小
名"三娃"。他听见身后有人捂嘴笑起来,脸便红了,立刻将父亲的
话头止住,说:"一起去吃饭吧,同学都等急了。"他的话音刚落,父
亲便讨好般地走到他的同学身边,说:"你们想吃什么好菜,待会
尽管说。"周围的同学皆相视一笑,说:"其实一碗面条就好的。"他
看得出众人并不喜欢父亲在场,尽管父亲在小吃铺旁像个有钱人一
样,吆喝着老板上6碗分量足的盖浇饭,再另加几头金乡老蒜来。但
大家还是谈天说地,吵吵嚷嚷地,故意弄出一片热闹给他看。

他只勉强吃了一半,便在父亲震天响的咀嚼声里烦了。一圈
的人,都是学生,有几个,还是偷偷暗恋着他的女孩子。他在余光
里,瞥见有人在频频地朝这边看过来,每看一眼,便似乎像针一样扎
他的心。他终于放下碗筷,说一句"吃饱了",便扭过脸去假装看风

景。父亲就在这时,默默地将手伸过来,把他碗里的剩饭,一滴不剩地全都扒到自己的碗里。

他的愤怒,在父亲这个习惯性的动作里,到底还是冲破闸门喷射而出:"你就那么爱吃别人的剩饭啊?"父亲半张的嘴,突然地就在他的这句话里定住了。周围几个人,也都在他这突如其来的恼怒里吃了一惊,但随即就有人出来打圆场,说:"叔叔没吃饱吧,要不再来一碗?"大约有几分钟的沉默之后,他听见父亲艰难地将口中的饭咽下去,勉强笑道:"习惯了,在家就是这样的,自家的孩子,不碍事的……"

但年少时的他,却始终无法原谅父亲的这个习惯,而此后的父亲,竟也是对这个坚持了十几年的习惯,开始生出隔膜。有几次,在家里,他听见母亲抱怨说,你爸在人前越来越爱干净了,连你的剩饭都不吃了。他从来不去解释什么,父亲亦是。这个秘密,像一丛丛的蒿草,芜杂地长在他与父亲的中间,直到最后,他终于忘了那一边父亲的容颜。

是二十多年后一个夏日的傍晚,他骑车去接寄宿的儿子回家。校门口拥挤了一大堆等待孩子放学的家长,尽管穿着打扮各不相同。有开了轿车打着光鲜领带的,也有"突突"开了摩托的,或者像他这样轻松骑辆自行车的,但那表情,都是一致的焦虑和渴盼。怕孩子看不清自己,都使尽了办法往最前面靠。他当然也不例外,凭借着自己做邮递员时练下的在人群里鱼一样自如穿梭的本领,他每次都能很顺利地挤到第一排的正中央去,而后如一朵莲花,含笑看着儿子教室的方向。

看见儿子与一群孩子蜂拥着出来了,他便又会发挥自己做小贩的本事,扯开嗓子,朝儿子高喊:"小海,爸爸在这边!"儿子果真能够第一眼迅速地看到他,飞快地朝这边跑过来。他早已经习惯了这样的一幕,且每每都会因为能够最先让儿子看到自己,而内心充溢了一种温暖的柔情和喜悦。他一直以为,儿子也定是喜欢他像个英勇的将军一样,站到最前面耐心等待着吧,否则,儿子怎会每次都箭一样冲过来,跨上他的车呢?

但那一次,他却看见儿子在一群学生后面,慢腾腾地磨过来,而且,一到面前,便即刻催促他快些走。他看出儿子眼中的躲闪和不快,就问原因。儿子吞吞吐吐地,好半天才丢出一句:"你以后,能不能别站最前面,也别那么招摇地朝我挥手喊叫啊,你这样,别人一看就知道是个下岗卖菜的……"

他的记忆,就这样在儿子的抱怨里,飞快地回到许多年前的那个春天。他在校门口的小吃铺旁,当着同学的面,朝父亲不耐烦地发脾气,抱怨父亲那个吃剩饭的习惯,曾经怎样丢了他的颜面。而今,岁月一个转身,这样的一幕,竟是再次重现。只是,当年那个讪讪为自己辩解的父亲,换成了自己。而在此前,他一直以为,这样的爱,在自己身上,绝不会重现,所以他刻意告诫着自己,不让儿子在同学面前难堪,且满足儿子一切关于物质的欲望。但却不曾想,那爱的习惯,竟是如此的坚韧绵长,它跨越了二十多年,走到他这里,不过是悄无声息地换了一件衣衫,便又执著柔韧地铺陈下去……

而到此时,他才明白,父亲那一个被他粗暴打断的习惯里,其实蕴蓄了怎样的怜爱与温柔。

"儿不嫌母丑,狗不嫌家贫。"话虽简单,却是需要我们铭记一生的至理名言。我们的一举一动始终牵动着父母的心,父母的无私大爱却往往被我们忽视。直至将来我们为人父母的时候,方能理解父母当年的良苦用心。大爱无言却亘古永存,需要我们仔细品味与珍存。

齐婉秋

虞舜孝顺父母 ◎佚 名

传说，尧帝听了这件事，非常赞赏舜的品德，他把自己的女儿嫁给了舜，还将帝位禅让给他。

虞舜，字重华，是中国父系社会后期联盟部落的首领。

舜小的时候，他的母亲就死了，父亲又娶了个后妻，生了个弟弟叫象。舜是个好孩子，勤劳诚恳，孝敬父母，家里的活都是他干。可是继母心地狭窄、泼辣蛮横，弟弟也很自私自利。

有一天，象和母亲商量想害死舜。他们叫舜修整漏雨的仓屋。舜虽隐隐约约觉察出他们的用意，但还是答应了。他带着两只斗笠，顺着梯子爬上仓顶，认真修补起来。

这时，象偷偷地走进仓屋，悄悄地把梯子扛走，然后又放了一把火。顿时，茅草盖的仓屋燃烧起来，火舌席卷，浓烟滚滚，舜急忙寻找梯子，但梯子已找不到了。于是他把两只斗笠挟在腋下，像插上鸟的翅膀，乘着风势，跳了下来。

象和继母见一计不成，又生一计。他们叫舜去修井。舜还是答应了，这次他带了两把短斧。舜下井后，并没有先掏泥沙，而是在井壁上挖了一个洞，这个洞紧挨着邻居家另一口井的通道。舜刚挖好，象就在井上叫他了。舜的答声未落，泥团石块就像下雨一样落了下来，一会儿就把井填满了。舜由于躲进刚挖好的洞里，才没有遇害。

过了一会儿,舜从邻居家的井里爬了出来。他没有回家,只身来到历山脚下,开荒种地过日子。

有一年,发生了自然灾害。舜的父母因遭灾,生活发生了困难。父亲十分想念儿子舜,常常独自一人到那口被填满的井边哭泣,慢慢地眼睛哭瞎了。继母也变得神情迟钝,象则成了哑巴。

有一天,舜的继母挑了一担柴到集市上换米,正巧舜也去卖米,他认出了继母。舜把米给她,故意没有收柴,一连几天都是这样。继母把这件事告诉了舜的父亲。父亲想,天下哪有这样的好人,只有儿子舜才会这样做。可是继母不信,说:"百尺井底有大石头压着,哪能活下来呢?"

父亲坚持要去看一看。第二天,继母和象扶着舜的父亲来到集市,他们故意站在舜的身边。父亲听了一会儿,对舜说:"听你的声音像是我的儿子。"舜回答说:"我就是舜啊!"他上前抱住父亲哭了,父亲也放声大哭起来。后来,舜把父母和兄弟都接回了家。传说,尧帝听了这件事,非常赞赏舜的品德,他把自己的女儿嫁给了舜,还将帝位禅(shàn)让给他。

好习惯训练营

孝敬父母,尊重长辈,自古以来就是中华民族的传统美德。虞舜不怨恨虐待自己的后母,反而想办法帮助她,最终和自己的父亲团聚,赢得了世世代代的尊重和敬仰。父母带我们来到这个世界,让我们健康快乐地成长,我们也应该孝敬父母,尽最大的努力让父母快乐、幸福。

陈年年

第 **10** 辑

珍惜每一分钟

　　有的人，在拥有时间的时候不懂得珍惜，等到光阴耗尽，年华老去，回想起被虚度的岁月，才摇头叹息，悔恨自己以前没好好珍惜时间。可惜的是，生命只有一次，永远不会重来。所以，我们应该好好珍惜每一分一秒，让生命的每一分钟都无比精彩。

沙 漏　●佚 名

沙漏原来不在于你买不买它,而在于你自己是否是一个懂得珍惜时间的人。

朋友买了一个沙漏,很精致。我说沙漏放在客厅的工艺架上肯定很有格调。朋友说:我可不是把它当做工艺品买来的,而是为了给自己一点压力。他解释说:自己参加了自学考试,可是根本没时间看书,他准备把这个沙漏放在书桌上,用它来衡量时间。看着沙子慢慢在流,你就会想着时间是一去不复返的,就会珍惜时间,就会关了电脑游戏,回绝朋友无关紧要的聚会等等。

我说这个主意真好,我也想买一个,在哪儿买的? 他说在小商品市场最靠边的一个摊位,他是跑遍了整个市场才找到的。朋友和我站在街上讨论那个沙漏,最后提议:我们到前面的那个冷饮店坐一会儿。

到了冷饮店,朋友取出了笔,撕了一张报纸,在报纸上给我画了草图,标出了那个摊位的方向。然后我们开始享用一大杯冷饮。外面的阳光很猛,里面的空调很足,所以我们都不约而同地多坐了一会儿。

除了沙漏,我们还在冷饮店谈了各自的工作、儿子和房价的话题,之后才告别。出门的时候,朋友看了看表。大呼一声:都5点了,坏了,今天轮到我接儿子。他拦了一辆的士,一阵风似的走了。

我一下子醒悟过来,站在那里,觉得不可思议,我们热烈地谈沙漏、谈时间的宝贵,可两人却在冷饮店里坐了一个多小时,谈了那么多的废话。

沙漏原来不在于你买不买它,而在于你自己是否是一个懂得珍惜时间的人。

好习惯训练营

真正懂得珍惜时间的人,应该让自己的每一分钟都有所获得。与其在事情过去之后后悔自己不懂珍惜,不如在平日的一点一滴中把握住每一分钟。"少壮不努力,老大徒伤悲。"真正惜时如金的人靠的是平日养成的好习惯来时刻提醒自己。

◀ 孟娟

谢谢你的时间 ◎管 维

> 我多次问他里面是什么,他只是告诉我那里面藏着他最珍视的东西。

杰克上一次见到贝尔瑟先生,已经是几年前的事了。上大学、谈恋爱、工作……这些都占去了杰克太多的时间。在忙碌的生活中,杰克无暇回想自己的过去,也没有时间陪妻子和儿子。他在为自己的将来努力奋斗,任何其他的事情都显得无关紧要。

杰克的母亲来电话了。"贝尔瑟先生昨晚去世了,葬礼定在这周三。"

杰克静静地坐着,陷入回忆中,童年时光如老电影一般在脑海中一幕一幕闪过。

"杰克,你在听吗?"

"嗯,妈妈,在听呢。很久没想过他了。我心里不好受,还以为他几年前就不在了。"杰克说。"他可一直惦记着你呢。每次见到贝尔瑟先生,他都要问起你。他还清楚地记得你从前到他家的老房子玩的那些日子。"妈妈告诉他。

"噢,老房子,我喜欢到那里去玩。"杰克说。

"杰克,你爸爸去世后,贝尔瑟先生就主动来照料你,他不希望你的生活中失去男人的影响。"妈妈说。

尽管杰克工作忙碌,他还是抽出时间回到了家乡。贝尔瑟先生的葬礼简单而平静。他膝下没有子女,亲戚大多数都已不在人世了。

在离家返回的前一夜,杰克和母亲顺便去看隔壁的老房子。杰克站在门口,静静地呆了片刻。他感觉自己仿佛跨越时空,来到了另一个世界。走进屋内,每一步都令他回忆起幼时无忧无虑的日子。这里的每一幅画、每一个角落,他都无比熟悉……突然,杰克停下了脚步。

"怎么了?"妈妈问。

"盒子不见了。"他说。

"什么盒子?"妈妈问。

"贝尔瑟先生有一个金色的盒子,上了锁的,他一直把它放在桌上。我多次问他里面是什么,他只是告诉我那里面藏着他最珍视的东西。"杰克说。

"我从来就不知道,他最珍视的东西是什么。"杰克颇感遗憾。

贝尔瑟先生去世大概两周后,有一天,正在上班的杰克收到一个邮包。寄件人的姓名引起了他的注意,正是"哈罗尔德·贝尔瑟先生"。杰克连忙打开邮包,发现里面是一个金色的盒子、一把钥匙和一张纸条。他双手颤抖着，一字一字地读起来。

"我死后，请把这个盒子和里面的物品转交给杰克·贝尼特。这是我一生中最珍视的东西。"杰克的心跳陡然加快，泪水夺眶而出。他小心翼翼地打开盒子，里面是一个做工精美的金怀表。杰克的手指缓缓地滑过精致的表面，掀开翻盖，里面刻着一行字："杰克，谢谢你的时间——哈罗尔德·贝尔瑟。"

"他最珍视的东西……是我的时间！"

杰克默默地注视着手里的怀表，忽然他似乎想起了什么。他叫来助理，吩咐她取消接下来3天的工作安排。"为什么？"助理珍尼特不解地问。"急事！我得花些时间陪陪家人。"他说。

"噢，对了，珍尼特……谢谢你的时间！"

好习惯训练营

　　时间一分一秒不停地在流逝，随之一起消失的还将有我们的亲人、朋友，珍惜自己的时间，珍惜和亲朋好友相处的分分秒秒；珍惜别人的时间，珍惜别人为我们付出的劳动。懂得珍惜的人才是真正懂得生活的人。

陈年年

迟到是一种病　⊙佚 名

> "成功"是一个大步流星的行者，你必须拼命与时间赛跑，才可能撵上它。

做班主任的时候，我发现班上有两个学生几乎"买断"了迟到。

雨天迟到,晴天也迟到;有了不高兴的事迟到,有了高兴的事也迟到。我跟他们说:"我非把你们这毛病改过来不可!我就不信这个邪!"我让他们写"保证书",如果谁再迟到就罚做一周的卫生;我找他们的家长,希望得到他们的积极配合;我煞费苦心地在早晨5点40分就带着他们到学校旁边的牛肉面摊上去,让卖板面的师傅亲口告诉他们说:"我每天早晨5点以前必须起床,准备出摊,风雨无阻。"……总之,我用尽了所有的办法,想要把他们迟到的毛病改正过来。但是,我发现我并没有获得真正的成功,因为在他们刚有了进步不久班级就换了班主任,而新班主任很快就发现了班上有两个"迟到专业户"。

现在,我的这两个学生都已经不再是学生了。不久前,我得知其中一个人下了岗,另一个人在单位混得很差。作为深谙他们性格缺点的老师,我为他们人生的失意感到难过,也巴望着通过对他们以及他们难以作别的"迟到"的审视与挞伐,使更多的人及早警醒,向"迟到"宣战,全力捣毁这个有可能带来"溃堤"之患的蚁穴。

只要你留意观察,你就会发现,在我们的身边,总有一些喜欢迟到的人。认真分析这些人,你会发现他们有着以下的一些特点:

一、迁就自我。人都是有惰性的,优秀的人总是设法去战胜自身的惰性,而习惯于迟到的人却一味地怜悯自己,姑息自己——多赖一会儿床,磨蹭着做一件事,他心底有个他自己都不愿意承认的声音:"总要等到迟到才好啊!"他是一个善于向自己妥协的人,时间的标尺被他机巧地换成了疲沓的松紧带。他生命的血性与锐气就在一次次迟到中磨损,直至必然地走向失败。

二、投机心理。最初的迟到,可能也伴随着愧疚与自责,但后来,投机与侥幸的心理越来越严重。昨天迟到遭到了斥责,今天,他会怀着一种可笑的心态哄骗自己说:"今天未必会给抓到吧?"这样的心态,还必然扩大到其他方面——做事,爱耍偷梁换柱的伎俩;做人,爱玩瞒天过海的把戏。

三、责任感缺失。人活在世上,首先应该对自我负责——对自我的形象负责,对自我的成败负责,对自我的人生负责。惯于迟到的人,不愿意担负起这份责任。他钟情于摆脱了责任后的那种轻松自在。尽管他明白"习惯性迟到"终将使他"尊严扫地",但他宁愿要这样一个结局,也不愿意让"责任"压痛自己的肩膀。这样的人,永远难担大任。

看,迟到是一种多么可怕的疾病!

人生本是不可以迟到的。学生时代的迟到,是知识在你心灵的迟到;职业生涯中的迟到,是成功在你人生中的迟到。时间在你的腕上,时间在你的眼中,时间更在你的骨子里、心里。既然一定要奔赴一个目标,为什么不早一些出发?"成功"是一个大步流星的行者,你必须拼命与时间赛跑,才可能撵上它。别让迟到缠上你,别让人从你一次次的迟到中读出你的慵懒疲沓,你的冥顽荒唐,你的庸碌无能。

记着,只有早于朝阳启程,才能够拥抱日出,才能够拥有朝阳般的人生。

好习惯训练营

不能纵容自己的一些小小的坏习惯,因为人生的成败很可能不在一些大是大非的问题上,而往往在被我们忽视的小细节上。偶尔的一次迟到,一次心不在焉,表面上看来不重要,实际上,如果不及时改正,很有可能造成极为严重的后果。守时是一种可贵的品格,它不仅是对自己时间的珍惜,更是对别人时间的尊重。

陈年年

零散时间中的奥秘  佚 名

你需要从现在就开始养成习惯，一有空闲就几分钟、几分钟地练习。

卡特·华尔德曾经是美国近代诗人、小说家和钢琴家爱尔斯金的钢琴教师。有一天，他给爱尔斯金教课的时候，忽然问他："你每天要练习多长时间钢琴？"

爱尔斯金说："每天三四个小时。"

"你每次练习，时间都很长吗？是不是有个把钟头的时间？"

"我认为这样才能提高水平。"

"不，不要这样！"卡特说，"你长大以后，每天不会有多长时间的空闲的。你需要从现在就开始养成习惯，一有空闲就几分钟、几分钟地练习。比如，在你上学以前，或在午饭以后，或在工作的休息余闲，五分钟、五分钟地去练习。把练习时间零散地分散在一天里面，如此，弹钢琴就成了你日常生活中的一部分了。"

当时，14岁的爱尔斯金对卡特的忠告虽未能完全理解，但还是按照忠告做了。后来，爱尔斯金回想起来觉得卡特的话真是至理名言，并且他从中得到了不可估量的益处。

当爱尔斯金在哥伦比亚大学教书的时候，他想兼职从事创作。可是上课、看卷子、开会等事情似乎把他白天和晚上的时间完全占满了。差不多有两个年头，他一直不曾动过笔，他的借口是："没有

时间。"后来,他突然想起了卡特·华尔德先生告诉他的话。到了下一个星期,他就把卡特的话实验起来。只要有五分钟左右的空闲时间,他就坐下来写作一百字或短短的几行。

出乎意料的是,在那个星期结束的时候,爱尔斯金竟写出了相当多的稿子。

后来,他同样用这种聚沙成塔的方法,进行了长篇小说的创作。虽然学校给爱尔斯金的教学任务一天比一天重,但是他每天仍有许多短短的余暇可以利用,他仍然一边练琴一边写作,最后取得了骄人的成绩。

好习惯训练营

鲁迅先生说,时间就像海绵里的水,只要你愿意挤,总能挤得出来。如果每天都能挤出几分钟来做一些我们平常认为没有时间做的事情,比如读一些好书,写一写日记,日积月累,我们一定能有意想不到的收获。

孟娟

珍惜每一分钟 ❯佚 名

在你的生命中,我从来没有见过你像今天这样珍惜一分钟。

深夜,危重病房里,癌症患者迎来了他生命中的最后一分钟,死神如期来到他的身边。

隔着氧气罩,他含糊地对死神说:"再给我一分钟,好吗?"

死神问："你要这一分钟干什么？"

他说："我要用这一分钟，最后一次看看天，看看地，想想我的朋友和敌人，或者听一片树叶从树枝上飞落到地上的那一声叹息；运气好的话，我也许还能看到一朵花儿的美丽盛开……"

死神说："你的想法不坏，但我不能答应你。因为这一切，我都留了时间给你欣赏，你却没有珍惜。在你的生命中，我从来没有见过你像今天这样珍惜一分钟。不信，你看一下我给你列的这一份账单：

"你60年的生命中，你有一半时间在睡觉，这不怪你，这30年权且算是我占了你的便宜。

"在余下的30年中，你叹息时间过得太慢的次数一共是1万次，平均每天一次，这其中包括你少年时代在课堂上、青年时期在约会的长椅上、中年时期下班前和壮年时期等待升迁的仕途上的叹息。在你的生命中，你几乎每天都觉得时间太慢，太难熬，你也因此想出了许许多多排遣无聊、消磨时间的办法，其明细账大致可罗列如下——

"打麻将（以每天2小时计），从青年到老年，你一共耗去了6500小时，折合成分钟是39万分钟。

"喝酒，每顿以1小时计（实际远非这个数），从青年到老年，也不低于打麻将的时间。

"此外，同事之间的应酬，上班时间闲聊，上网玩游戏，又耗去你不低于打麻将和喝酒的时间……

"还有……"

死神想继续往下念的时候，发现病人的生命之火已经熄灭了。于是长叹一口气说："如果你活着时，能想着节约一分钟的话，你就可以听完我给你记下的账单了。真可惜，我辛辛苦苦地工作又白费了，世人怎么都是这样，总等不到我动手，就后悔得死了！"

好习惯训练营

　　有的人，在拥有时间的时候不懂得珍惜，等到光阴耗尽，年华老去，回想起被虚度的岁月，才摇头叹息，悔恨自己以前没好好珍惜时间。可惜的是，生命只有一次，永远不会重来。所以，我们应该好好珍惜每一分一秒，让生命的每一分钟都无比精彩。

孟娟

每一天都是特别的日子　◯佚名

　　每天早上我们睁开眼睛时，都要告诉自己这是特别的一天。每一天，每一分钟都是那么可贵。

　　多年前，理查德跟悉尼的一位同学谈话。那时，同学的太太刚去世不久，他告诉理查德说，他在整理他太太的东西时，发现了一条丝质的围巾，那是他们去纽约旅游时，在一家名牌店买的。那是一条雅致、漂亮的名牌围巾，高昂的价格卷标还挂在上面，他太太一直舍不得用，她想等一个特殊的日子才用……

　　讲到这里，他停住了，理查德也没接话，好一会儿后，同学说："再也不要把好东西留到特别的日子才用，你活着的每一天都是特别的日子。"

　　以后，每当想起这几句话时，理查德常会把手边的杂事放下，找一本小说，打开音响，躺在沙发上，抓住一些自己的时间。理查德会从落地窗欣赏淡水河的景色，不去管玻璃上的灰尘；他会拉着太太到外面去吃饭,不管家里的饭菜该怎么处理。

生活应当是我们珍惜的一种经验,而不是要挨过去的日子。

理查德曾将自己的感悟与一位女士分享。后来见面时,她告诉他,她现在已不像从前那样,把美丽的瓷具放在酒柜里了。以前她也想着把珍贵的东西留到特别的日子才拿出来用,后来发现那一天从未到来。"将来"、"总有一天"已经不存在于她的人生字典里了。如果有什么值得高兴的事,有什么得意的事,她现在就要听到,就要看到。

在生活中,很多人常想跟老朋友聚一聚,但总是说"找机会"。

很多人常想拥抱一下已经长大的小孩,但总是等适当的时机。

很多人常想写信给另外一半,表达浓郁的情意,或者想让他知道你很佩服他,但总是告诉自己不急。

其实,每天早上我们睁开眼睛时,都要告诉自己这是特别的一天。每一天,每一分钟都是那么可贵。

好习惯训练营

把每一个平常的日子都过得有滋有味,让每一天都成为特别的一天,生活的主人是我们自己。

我们往往过于重视那些"特别"的日子,而忽略了平凡的生活,事实上,正是那些平凡的日子,组成了我们珍贵而又短暂的一生。学会珍惜每一天,我们才会发现生活的美好。

陈年年